소희의 방

이금이 청소년문학

소희의 방

초판 1쇄 펴낸날 2010년 12월 20일
초판 11쇄 펴낸날 2018년 5월 30일
개정판 1쇄 펴낸날 2021년 9월 10일
개정판 4쇄 펴낸날 2024년 4월 10일

지은이 이금이
펴낸이 이어진
편 집 현민경
디자인 파피루스

펴낸곳 밤티
등 록 2020년 5월 18일 제2020-000081호
주 소 04590 서울시 중구 다산로 156 부흥빌딩 2층 136호
전 화 02-2235-7893
팩 스 02-6902-0638
이메일 bamtee@bamtee.co.kr
홈페이지 www.bamtee.co.kr

ISBN 979-11-91826-02-9
979-11-971205-3-4 44810(세트)

- 이 책은 출판사 푸른책들에서 2010년에 출간한 『소희의 방』의 개정판입니다.

소희의 방

이금이 장편소설

밤티

차례

너도 하늘말나리야

나는 느티나무 아래에 서 있는 바우와 미르를 외면한 채 바우 아빠의 트럭에 올라탄다. 아이들이 작은집으로 살러 가는 초라한 내 뒷모습을 보지 않았으면 좋겠다. 차 문을 닫으며 옆 거울에 비치는 아이들 모습을 훔쳐본다.

바우, 내 삶을 기억하는 순간부터 함께 한 아이다. 미르, 그 애가 없었으면 달밭마을에서 보낸 마지막 해는 아픈 할머니를 돌보느라 힘겹고 불안했던 날들로만 남았겠지. 바우와 미르 덕분에 나는 엄마 같고 아빠 같은 할머니가 아픈데도 내 또래 아이들처럼 지낼 수 있었다.

아빠와 엄마는 죽음과 재혼으로 어린 내 곁을 떠나갔다. 그들 대신 날 키워 준 할머니가 돌아가신 지금, 바우와 미르까지 내 삶에서 떼어 내는 일은 너무나 힘들다. 하지만 이를 악물고 울음을 참는다. 미르와 바우가 나를 불쌍한 아이로 기억하지 않았으면 좋겠다.

차가 움직이자 느티나무와 함께 바우와 미르도 멀어진다. 차가 모퉁이를 돌고 거울에서 그들의 모습이 사라진다. 내가 태어나 열세 해를 살았던 곳, 이제는 할머니가 잠들어 있는 달밭마을이 보이지 않는다. 그제야 참았던 눈물이 바우가 그려 준 그림 위로 툭툭 떨어진다.

하늘말나리. 소희를 닮은 꽃
자기 자신을 사랑할 줄 아는 꽃

이것 또한 꿈은 아닐까

귓바퀴가 축축한 느낌이 너무 생생해 눈을 뜬 소희는 연한 핑크색 천장을 바라보며 안도의 숨을 토해 냈다. 또 달밭마을을 떠나던 날의 꿈을 꾸었다. 그날 가슴이 뻐근해질 만큼 울음을 참았다. 그런데도 꿈속에선 언제나 베개가 젖을 정도로 눈물을 흘렸다. 1년 반이 지난 지금까지도 계속되는 그 꿈이 소희는 싫었다.

손을 뻗어 휴대폰 시계를 보니 6시 반이 돼 가고 있었다. 방학이라 아직 일어나지 않아도 괜찮은 시간이다. 침대 가운데 누워 양팔과 양다리를 마음껏 펼쳤다. 소희는 자신이 늘 너른 침대 한 귀퉁이에서 웅크린 채 잔다는 걸 알고 있었다. 몸의 어딘가가 저려서 깨어 보면 그런 자세를 하고 있다.

작은집은 방이 두 개뿐이었다. 소희는 열 살, 여덟 살인 남자 사촌 동생들과 큰 방을 썼다. 크다고 해도 옷장과 이층 침대와 책상 두 개가 놓인 자리를 빼면 그리 넉넉하지 않았다. 밤이면 동생들이 이층 침대를 한 칸씩 차지했고 소희는 바닥에서 잤다. 몽유병 증세가 있는 작은동생 발에 밟힌 적이 한두 번이 아니었다. 잔뜩 웅크린 채 자는 버릇이 그 때문인지, 스스로를 거치적거리는 존재라고 생각하는 몸이 무의식 중에도 자리를 조금 차지하고자 애쓰는 건지 알 수 없다.

소희는 침대 위를 한 바퀴 굴러 보았다. 그러다가 문득 이것 또한 꿈은 아닐까 하는 생각에 불안해졌다. 이곳에 온 지 일주일이 됐는데도 아침마다 눈을 뜬 곳이 작은집일까 봐 두려웠다. 더 큰 동작으로 몸을 굴려 보던 소희는 무엇을 잡을 새도 없이 바닥으로 떨어졌다. 구름 위에 올라타 두둥실 날거나 끝도 없이 추락하는 대신 방바닥에 쿵 하고 부딪혔다. 정신이 번쩍 들었는데도 아무것도 바뀌지 않았다. 꿈이 아닌 게 확실했다.

약간 얼얼한 한쪽 팔뚝을 문지르며 일어난 소희는 그제야 마음을 놓았다. 그리고 잠이 깬 김에 공부를 해야겠다고 생각했다. 오늘 학원에 등록하기로 했는데 시험을 봐서 성적 순대로 반을 편성한다고 했다. 소희는 기왕이면 상위권 반에 들어가고 싶었다. 이 집에서 자신을 증명해 보일 수 있는 거라곤 아직은 성적밖에 없었다.

소희는 책상 앞에 앉기 전 창가로 가 커튼을 젖혔다. 여름 끝자락의 무성함이 가득한 정원은 푸른 새벽의 기운과 어우러져 실제보다 훨씬 더 야성적으로 보였다. 소희는 그 풍경을 볼 때마다 자기도 모르게 달밭마을을 떠올렸다. 소나무 몇 그루가 멋들어지게 휘어진 채 모여 서 있는 모습에선 달밭의 밭둑이, 담장을 타고 올라가 낭창낭창 늘어진 능소화 덩굴에선 달밭의 골목길이 생각났다. 새벽안개 속에선 잔디마저 벼들이 싱그럽게 자란 달밭의 논으로 보였다.

창문을 열자 상큼한 공기가 가득 밀려들어 왔다. 소희는 눈을 감고 새벽 공기 속에서 달밭의 냄새를 찾았다. 소희에게 달밭의 냄새는 느티나무 사이를 오가는 바람과 들판에 피어오르던 아지랑이와 이슬 맺힌 보랏빛 달개비 등이 어우러진 풍경에서 느껴지는 향기다. 봄날 들판에서 풍겨 오는 두엄 냄새, 여름날 소나기에 섞여 있던 흙냄새, 가을날 산자락에 핀 들국화 향기, 겨울날 어디선가 퍼지던 장작 타는 냄새였다. 그리고 그 모든 냄새에는 푸근한 할머니의 품에서 나던 향기가 배어 있었다. 소희는 후각의 모든 신경을 동원해 공기를 탐색했지만 정원에서는 그 냄새가 맡아지지

앉았다.

아래층 현관문 열리는 소리에 소희는 눈을 떴다. 달밭의 들판이 아니라 손질이 잘된 정원으로 실내복 차림을 한 아저씨가 모습을 나타냈다. 아저씨는 정원 가장자리로 난 돌길을 지나 대문으로 향하는 계단을 내려갔다. 신문을 가지러 가는 거다. 아저씨는 가족 관계 등록부상으로 소희 아빠다.

이 집에 오기 전 이미 소희 이름은 윤소희에서 정소희로 바뀌었다. 이름 석 자 중 한 글자가 바뀌었을 뿐인데 소희의 삶은 놀랄 만큼 달라졌다. 부모 없이 할머니와 살거나, 작은 집에 얹혀살던 아이에서 정원이 있는 이층집에서 엄마와 같이 사는 아이가 됐다. 이제 개학을 하면 소희는 바뀐 성으로 새 학교에 다니게 된다.

아저씨가 정원에 놓인 탁자에 앉아 신문을 펼칠 때 엄마가 커피를 가지고 집 안에서 나왔다. 둘은 나란히 앉아 커피를 마시며 도란도란 이야기를 나누었다. 커피 향에 실린 두 사람의 이야기 소리가 2층까지 들리는 것 같았다. 소희는 오래 산 부부는 모두 서로에게 심드렁하게 구는 줄 알았다. 소희가 본 사람들 대부분이 그랬다. 그런데 엄마와 아저씨는 여전히 다정하고 정겨워 보였다.

문득 오래전에 세상을 떠난 아빠와 엄마는 어떤 부부였을까, 궁금했다. 그저 스쳐 지나가는 생각이었을 뿐 엄마와 아저씨의 다정한 모습에 마음의 동요가 인 건 아니다. 빛바랜 사진으로만 남은 아빠는 소희의 감정에 영향을 끼칠 힘이 없다. 하지만 다른 아이들은 안 그랬다. 미르는 재혼하는 자기 아빠를 죽도록 미워했으며, 아빠가 진료소 소장님과 사귀는 줄로 오해했던 바우 역시 많이 힘들어했다.

그때 소희는 부모와의 추억이 많은 미르와 바우를 부러워했다. 하지만 재혼한 엄마와 살게 되자 추억이 없는 편이 차라리 낫다는 생각이 들었다. 엄마와 아저씨의 다정한 모습을 평온한 마음으로 바라볼 수 있으니 말이다. 그래서 할머니가 어떤 일이든 아주 좋기만 한 것도, 나쁘기만 한 것도 없다고 했나 보다.

소희는 엄마와 아저씨가 있는 정원에 우혁과 우진을 놓아보았다. 아저씨는 두 아들과 조립한 비행기를 날리고 엄마는 웃으며 과일을 깎는다. 꽃보다 더 환하고 비눗방울보다 더 경쾌한 웃음소리가 집 안 가득 울려 퍼진다. 소희는 그 풍경 속에 조심스레 자신을 들이밀었다.

주춤거리며 풍경 속으로 들어서는 자신을 상상하던 소희는 엄마의 시선이 2층 쪽을 향하는 순간 재빨리 커튼 뒤로 물러섰다. 나쁜 짓을 하다 들킨 것처럼 가슴이 뛰었다. 잠시 벽에 등을 기대고 서 있던 소희는 엄마가 보지 못했기를 바라며 책상 대신 화장대 앞에 앉았다.

잠옷을 입은 여자아이가 거울 속에서 소희를 바라보았다. 달밭마을을 떠나올 때의 키만 껑충한 시골 아이가 아니었다. 작은엄마네 미용실에서 바닥의 머리카락을 쓸던 불쌍한 여자애는 더더구나 아니었다. 그런데도 열다섯 살짜리 여자아이의 얼굴에는 설명하기 힘든 불안이 가득 서려 있었다.

소희는 거울 속에 펼쳐진 방 안 풍경을 보았다. 아저씨의 딸이 친엄마한테 가기 전까지 썼다는 이곳이 소희는 아직도 자기 방 같지가 않았다. 방뿐 아니라 지금 일어나고 있는 모든 일이 드라마나 소설 속 일처럼 비현실적으로 여겨졌다. TV를 끄거나 책을 덮으면 마법이 풀린 동화 속 주인공처럼 다시 사촌 동생들과 함께 방을 쓰던 작은집으로 돌아갈 것만 같았다.

싫었다. 소희는 그곳으로 다시는 돌아가고 싶지 않았다.

닮은 그림 찾기

소희는 꿈이 아님을 일깨워 주었던 침대에 다시 누웠다. 그리고 이 집에 처음 오던 날을 떠올렸다. 아니, 소희는 고개를 흔들어 그 광경을 지우고 엄마와 처음 만난 날부터 생각하기 시작한다. 이 모든 일이 실제라는 걸 무의식 속까지 단단히 각인시키고 싶었다.

엄마가 고모를 통해 연락을 해 왔을 때 소희는 허구의 인물이 만나자고 한 듯 이상한 느낌이 들었다. 고모는 그동안 걸핏하면 '자식도 안 찾는 독한 사람'이라며 엄마 흉을 보곤 했다.

"그런 소리 말어. 서방 잃고, 어린 자식 두고 간 사람 심정은 오죽할까. 어디서든 잘 살라고 빌어 주는 게 우리 도린

겨. 그게 소희를 위하는 일인 겨."

그때마다 엄마 편을 들어주었던 할머니는 소희가 엄마를 생각하거나 그리워할 만한 흔적을 하나도 남겨 놓지 않았다. 대신 세상을 떠날 때까지 넘치는 사랑으로 비어 있는 부모의 자리를 채워 주었다. 그 덕분에 소희는 엄마 아빠가 없어도 부족함 없이 살 수 있었다.

엄마를 처음 만나러 수서역 근처에 있는 식당으로 가는 동안에도 소희 마음은 이상할 정도로 덤덤했다. 엄마가 혹시라도 자신에게 죄책감을 갖고 있다면 잘 지내고 있으니 걱정 말라고 거짓 위로라도 해 줄 수 있을 것 같았다.

고모가 일러 준 식당은 큰 건물 안에 있는 고급 이탈리안 레스토랑이었다. 점심때를 약간 지난 시간이어선지 한산한 식당 안으로 들어서자 정장을 입은 종업원이 소희를 칸막이 안의 자리로 안내했다. 6인석 탁자 가운데 자리에 앉아 있던 엄마가 일어섰다. 앞자락이 비대칭으로 디자인된 갈색 민소매 블라우스에 베이지색 스커트를 입은 엄마는 소희보다 약간 키가 컸다.

소희는 당황스러운 눈빛으로 엄마를 바라보았다. 분명히 작은엄마와 동갑인 마흔 살이라고 했는데 어깨에 닿을락 말락 하는 생머리에 늘어지는 귀고리와 화려한 팔찌를 한 엄마는 30대 초반으로밖에 보이지 않았다. 잘나가는 커리어 우먼처럼 보이는 그 모습에서 어린 딸과 떨어져 사는 동안 겪었을 아픔이나 슬픔 같은 건 전혀 느껴지지 않았다.

소희를 안내해 준 종업원이 나가고 난 뒤 엄마가 말했다.

"아기 때 모습이 거의 없네."

차분한 중저음 목소리를 듣자 소희는 비로소 엄마라는 느낌이 들었다. 소희 역시 음색이 굵고 낮았다. 새소리처럼 재깔거리는 또래 아이들 속에서 소희 목소리는 튀기 일쑤였다. 자기에게서 가장 마음에 들지 않는 게 목소리였다. 바로 그 부분이 엄마와 닮았다는 사실에 무언가 어긋나는 듯한 기분이 들었다. 소희는 말없이 고개를 숙여 인사했다.

"앉자."

사람 찾는 방송 프로그램에서는 오랫동안 헤어졌던 가족끼리 만나면 서로 부둥켜안고 울고불고하던데 엄마는 담담한 얼굴이었다. 결코 요란스러운 상봉을 원한 건 아니었지만 차분한 엄마에게 묘한 서운함을 느끼며 소희는 맞은편 자리에 앉았다.

뒤이어 들어온 종업원이 엄마와 소희 앞에 메뉴판을 놓고는 물을 따랐다. 엄마가 메뉴판을 펼치며 물었다.

"뭐 먹을래?"

솔직히 이런 식당은 처음이어서 소희는 메뉴판을 봐도 뭐가 뭔지 알 수 없었다.

"저는……, 잘 모르겠어요."

소희와 눈이 마주친 엄마는 얼른 시선을 피하며 물었다.

"스파게티 좋아하니?"

"네."

인스턴트나 배달 음식으로 먹어 본 게 다였지만 소희는 면 종류 음식은 모두 좋아했다.

"그럼 그걸로 먹자."

엄마는 이름도 처음 들어 보는 스파게티 두 개와 샐러드를 시켰다. 소희는 주문하는 모습을 훔쳐보며 엄마가 서로의 목소리가 닮은 걸 눈치챘을지, 그랬다면 어떤 생각이 들었을지 궁금했다. 하지만 표정 변화가 거의 없는 얼굴만으론 속내를 읽을 수 없었다. 그것도 비슷하다.

"넌 어떻게 좋을 때나 화날 때나 표정이 비슷해?"

미르가 물어본 적이 있었다. 그때그때마다 감정을 발산하는 미르는 소희를 신기해했다. 소희는 그 뒤 한동안 그 이유를 생각해 보았다. 그렇다고 감정까지 변화가 없는 건 아니었다. 누구 못지않게 가슴속은 슬픔과 기쁨과 아픔과 분노로 소용돌이쳤다. 미르처럼 감정을 표출하지 않으면 못 배기는 성격이 있고 자신처럼 남들에게 자기감정을 낱낱이 드러내는 게 싫은 사람도 있다. 엄마도 나와 같은 성격이라 지금 저토록 차분한 걸까.

주문을 받은 종업원이 나가자 다시 침묵이 이어졌다. 소희는 벽에 걸린 그림을 바라보기도 하고, 유리병에 꽂혀 있는 장미가 생화인지 만져 보기도 하며 어색함을 견뎠다. 물을 한 모금 마신 엄마가 헛기침을 했다. 소희는 탁자 위에 올려놓았던 손을 자기도 모르게 슬그머니 무릎 위로 내렸다. 드디어 12년 전에 헤어졌던 딸과 본격적인 대화를 시작하려는 신호라고 생각해서였다. 긴장을 한 소희는 침을 꼴깍 삼켰다. 엄마가 입을 열었다.

"키가 몇이야?"

긴장했던 것에 비하면 너무나 싱거운 질문이었다.

"168이요."

"말라서 그런지 더 커 보이네."

큰 키도 엄마를 닮았다. 소희는 엄마와 닮은 게 또 무엇이 있을까 궁금해졌다.

"무슨 과목 좋아해?"

이 질문 역시 허탈하기는 마찬가지였다.

"국어하고 사회요."

엄마는 나한테 궁금한 게 진짜 이런 것들인가. 소희는 그게 궁금했다. 엄마는 다시 헛기침을 했다. 잘 나오지 않는 말을 억지로 꺼내려고 애쓰는 것처럼 보였다. 소희도 낯선 사람을 만나면 그랬다. 그것도 닮은 점이긴 하다.

하지만 소희는 낯선 사람이 아니다. 딸을 12년 만에 만났으면 함께하지 못했던 시간에 대한 회한으로 감정이 요동쳐야 하는 것 아닌가. 그런 엄마를 위로할 준비까지 돼 있는 소희에게 엄마는 이웃집 아줌마가 할 법한 질문들이나 하고 있었다.

"그렇구나. 취미는 뭐야?"

"……책 읽는 거요."

"그렇구나."

또다시 대화가 끊어졌다. 이런 질문이나 들을 바에는 침묵이 차라리 나을 것 같았다. 소희 마음을 눈치채기라도 한 듯 엄마는 입을 다물었다. 소희는 이제 이웃집 아줌마가 아니라 가출한 자식의 행방을 찾아 나선 친구 엄마와 마주 앉은 듯 더 불편해졌다.

공연히 물만 들이켜던 소희는 종업원이 앞에 샐러드와 스파게티를 놓아 주자 할 일이 생긴 게 반가울 지경이었다. 소희의 스파게티는 크림소스였고 엄마 건 소스가 없는 것 같은 스파게티였다. 엄마가 자른 토마토 사이에 치즈가 든 샐러드를 소희 접시에 옮겨 주었다. 소희는 스파게티를 입에 넣으려고 했지만 면이 자꾸만 포크 사이로 미끄러져 빠져나갔다. 그 모습을 본 엄마가 말했다.

"스파게티는 이렇게 하면 예쁘게 먹을 수 있어."

소희는 엄마가 포크로 들어 올린 면을 스푼에 대고 돌돌 말아서 입에 넣는 걸 지켜보았다. 냅킨으로 입 주위를 살짝 눌러 닦는 엄마의 동작은 우아했다. 소희는 엄마처럼 해 보았다. 잘되지 않자 엄마가 한 번 더 시범을 보였다. 소희는 계속 시도를 했다. 접시를 비운 건 그 덕이었다. 그러는 동안 엄마에 대한 불편함도 조금은 가셨다.

식사를 한 게 아니라 스파게티 먹는 법을 강습받은 것 같은 시간이 지났다. 엄마는 샐러드가 남아 있는데도 커피와 아이스크림을 시켰다. 예쁜 유리그릇에 담긴 동그란 모양의 아이스크림 위엔 막대 초콜릿 한 개가 꽂혀 있었다. 소희는 초콜릿을 먼저 먹었다.

아이스크림을 다 먹으면 아직 대화다운 대화도 나누지 못한 엄마와 헤어져야 할 것 같았다. 소희는 스푼으로 아이스크림 한 귀퉁이를 살짝 떠서 천천히 조금씩 아껴 먹었다. 하지만 아이스크림은 입에 들어가는 순간 사라졌다. 혀에 남은 달콤한 맛이 아니라면 아이스크림을 먹었다는 사실조차 믿기지 않을 정도였다. 식당을 나가면 엄마와의 만남도 그렇게 잊힐 것 같았다.

내비게이션

식당에서 나온 엄마가 소희를 태워다 주겠다고 했다. 작은집은 수서역에서 한 정거장 거리인 일원역 근처다. 보조석에 놓인 가방을 치우는 대신 소희를 뒷자리에 타게 한 엄마는 작은집 아파트 이름을 내비게이션에 찍었다.

은은한 향기가 나는 차 안은 널찍하고 안락했다. 소희는 능숙하게 운전하는 엄마의 뒷모습을 홀린 듯 바라보았다. 룸미러에 엄마의 얼굴이 비쳤지만 선글라스 덕분에 눈이 마주치지 않았다. 차가 달리기 시작했을 때 소희는 슬쩍 허벅지를 꼬집어 보았다. 아팠다. 그것이 신호이기라도 한 양 소희의 가슴이 벅차오르기 시작했다. 엄마와 함께 밥을 먹고, 엄마가 운전하는 차를 타다니. 꿈에서도 나오지 않았던 일이다. 하지만 그 시간은 아이스크림이 입 안에서 녹는 시간만큼이나 짧았다.

엄마는 아파트 단지와 조금 떨어진 곳에 차를 세웠다.

"작은엄마 미용실, 저긴데 안 들어가실……."

소희가 아파트 입구에 있는 상가 건물을 가리켰다. 엄마가 이곳까지 왔으면서 그냥 간 걸 알면 작은엄마는 무척 기분 나빠할 거다. 엄마가 소희만 만나고 싶어 한다고 했을 때부터 작은엄마는 이미 기분이 상해 있었다.

"아무리 전 시집 사람들을 만나고 싶지 않아도 그렇지, 자기 딸을 데리고 있는 게 누군데 애만 날름 만나겠다는 거야."

작은엄마는 소희가 듣든 말든 상관하지 않았다.

"형수가 경우를 몰라서 그러겠어? 소희 만나고 나면 무슨 이야기가 있겠지."

작은아빠가 엄마를 두둔했다.

"재혼한 지가 언젠데 형수는 무슨."

작은엄마의 가시 돋친 목소리가 귀에 들리는 듯했다. 소희의 마음에는 이미 그 가시들이 많이 박혀 있었다.

"다음에. 조심해서 들어가."

엄마의 '다음'이란 말이 마음속에서 폭죽처럼 터졌다. 소희는 작은엄마가 어떻게 생각할지는 까맣게 잊은 채 환해진 마음으로 차에서 내렸다.

그 뒤로 소희 가슴속 내비게이션은 시도 때도 없이 엄마에게 가는 길을 찍었다. 그때마다 첫 만남의 어색했던 기억은 한순간에 사라지고 엄마의 행동 하나하나가 놀랄 만큼 생생하게 떠올랐다. 그러면 소희는 자기도 모르게 엄마의 모습을 흉내 내고 있었다. 라면을 스파게티처럼 먹기도 했고, 의자에 기대앉아 있다가도 새삼스레 허리를 꼿꼿하게 폈다. 또 어느 순간에는 입속말로 엄마의 말투를 앵무새처럼 흉내 내고 있었다. 목소리, 키, 성격처럼 타고난 것 말고도 엄마와 닮은 게 많아지고 싶었다. 누가 보아도 모녀 사이임을 알 수 있도록 사소한 버릇들까지 닮고 싶었다.

상상이 아니라 엄마의 실제 모습을 떠올릴 수 있다고 생각하면 설거지를 하다가도, 숙제를 하다가도, 걷다가도, 자다가도 웃음이 나왔다. 누군가 바람을 집어넣는 것처럼 소희는 몸이 둥둥 뜨는 것 같았다. 그동안 어떻게 엄마 생각을 하지 않고 살았는지 이상할 정도였다.

그렇더라도 소희가 가정이 있는 엄마한테 기대한 건 통화를 하거나 가끔씩 만나는 정도였다. 그런데 엄마가 소희를 데려가겠다고 했다. 엄마 집에서는 그렇게 하기로 이야기가 다 됐다고 했다. 할머니도 없는 아빠 본가에서 그 일을 반대하는 사람은 없었다. 성을 바꾸는 문제도 마찬가지였다. 작은아빠, 작은엄마, 고모 모두 새아빠와 성이 같은 게 소희를 위해서 낫다고 했다. 소희는 성이 바뀐 게 영 어색했지만 엄마와 살 수 있다면 성 같은 건 아무래도 좋았다.

행운에 대한 예의

떠날 준비를 마친 소희는 앞에 놓인 짐을 바라보았다. 책가방으로 메고 다니던 백팩과 타포린 가방 하나가 전부였다. 엄마는 옷이고 학용품이고 다 새로 사 줄 테니 중요한 것 외에는 모두 버리라고 했다. 책가방에 싸고 남는 짐을 집에 있는 종이 가방에 담으려다 소희는 생활용품점에 가서 타포린 가방을 새로 샀다.

소희는 작은집을 나섰다. 엄마와 작은엄마 미용실에서 만나기로 한 시간보다 많이 일렀지만 집에서 기다리기엔 마음이 조급했다. 고모네와는 사흘 전 그 집에 가서 하룻밤 자는 걸로 작별 인사를 마쳤다.

"어디서든 제 귀염은 제가 받는 거야. 새아빠한테도 '아빠, 아빠.' 하고 따르고 동생들하고도 사이좋게 지내. 처음엔 서먹하겠지만 친엄만데 작은집보다야 낫겠지. 널 데려가고 성까지 바꿔 주는 거 보면 새아빠 될 사람도 웬만한 것 같다. 곳간에서 인심 난다는데 큰 식당을 몇 개씩 운영하는 사람이라니 너만 잘하면 공부도 맘껏 할 수 있을 거야. 그동안 어린 나이에 고생 많았다고 복 주시는 모양이다. 고모라고 있어 봐야 도와주지도 못하고……."

그 뒤 고모는 엄마를 독하다고 흉보던 말만 뺐을 뿐 골백번도 더 들은 이야기를 되뇌며 눈물 콧물을 흘렸다. 솔직히 소희는 만나기만 하면 언제나 5분도 안 돼 자신을 이 세상에서 가장 비참하고 불쌍한 아이로 만들어 버리는 고모의 눈물 타령이 싫었다. 이제 그런 것들로부터도 벗어난다.

소희가 미용실로 들어서자 작은엄마가 하던 말을 멈췄다. 소희는 자기 이야기를 하고 있었음을 알았다. 이제 그것도 상관없다. 머리를 자르고 있는 손님은 상가에서 신발 가게를 하는 형범 엄마였다. 형범과는 1학년 때 같은 반이었다. 2학년 초, 형범 엄마가 지나가는 소희를 부르더니 아이들이 '삼디다스'라고 부르는 슬리퍼를 하나 주었다. 영문을 몰라 하는 소희에게,

"아줌마가 그냥 주는 거니까 아무 말 말고 신어."

하면서 큰 비밀인 양 눈을 껌뻑거렸다. 뜨거운 김을 쏘인 듯 얼굴이 화끈거리던 그때 느낌이 되살아났다. 소희는 엄마가 올 때까지 형범 엄마가 있기를 바라며 인사를 했다.

"소희, 오늘 엄마한테 간다며?"

"네."

소희는 한 음절에 모든 감정을 실어 대답했다. 상대방이 그 의미를 알건 모르건 속이 시원했다. 형범 엄마가 무슨 말인가 하려는데 작은엄마가 그 말을 끊으며 끼어들었다.

"아직 시간 많이 남았는데 일찍 왔네. 하긴 더운데 여기가 낫지. 점심은 먹었어?"

어떤 이유로든 소희는 형범 엄마의 말을 더 듣지 않게 된 게 좋았다.

"네. 민석이랑 민호도 밥 먹고 학원 갔어요."

사실 소희는 밥을 먹지 않았다. 그래도 배가 고프지 않았다. 소희는 손님들이 차례를 기다리는 긴 의자에 앉았다. 소희 이야기를 더는 할 수 없게 된 작은엄마와 형범 엄마는 이제 해도 그만 안 해도 그만인 이야기들을 주고받았다.

소희의 시선은 자꾸만 벽에 걸린 시계 쪽으로 갔다. 시간이 한참 지난 것 같은데도 바늘은 제자리에 있었다. 이번엔 시계를 뚫어져라 지켜보았다. 초침이 느린 화면처럼 천천히 움직였다. 시계를 떼어 내 엄마가 오기로 한 시간에 시침과 분침을 맞춰 놓고 싶었다.

가위를 허리 주머니에 꽂은 작은엄마가 형범 엄마의 목덜미를 스펀지로 털어 내고 가운을 벗겼다. 소희는 반사적으로 일어나 빗자루를 찾아 들었다.

"그냥 앉아 있어. 마지막 날까지 부려 먹을 순 없지. 소희너, 나한테 서운한 거 있으면 다 잊어버려라. 내 형편이 어쩔 수 없었다는 거 너도 알지?"

작은엄마가 말했다.

"그럼, 소희도 이해하겠지. 민호 엄마 바쁜 거는 상가 사람들이 다 아는걸."

형범 엄마가 추임새를 넣었다. 소희는 솔직히 자신을 동정하는 고모보다 처지를 확실하게 인지시켜 주고 그에 합당한 밥값을 치르게 하는 작은엄마가 차라리 나았다. 그렇다고 해도 이곳에서의 일을 모두 잊을 수 있을 것 같지는 않았다. 소희는 대답 대신 어정쩡한 미소를 지었다.

작은집에 사는 동안 소희는 가장 소중하게 여기던 일기장과 달밭마을 친구들을 버렸다. 먼저 버린 건 바우와 미르였다. 행복한 척, 편한 척 그 애들을 속이고 싶지 않았고 자기 상황을 사실대로 알리기도 싫었다. 메일로, 문자로, 작은엄마 미용실로 안부를 묻던 미르는 소희가 피한다는 걸 알았는지 더는 연락하지 않았다. 바우 아빠가 서울 왔던 길에 보자고 했을 때도 소희는 핑계를 대 거절했다.

미르, 바우와의 연락이 끊긴 뒤에도 소희는 한동안 더 일기를 썼다. 유치원 때 그림일기를 쓰기 시작한 뒤로 하루도 빠지지 않고 써 온 일기였다. 5학년 때부터는 검사용 일기장과 비밀 일기장을 따로 만들어 썼을 만큼 소희의 마음속은 하고 싶은 말로 넘쳐났다. 소희는 일기를 쓰며 위안받았고 생각하는 힘을 키웠고, 그 덕에 알게 모르게 성장했다. 하지만 작은집에 온 얼마 뒤 그사이 쓴 일기를 본 소희는 일기장을 수십 조각내 쓰레기통에 버렸다. 힘든 시간을 더는 기록하거나 기억하고 싶지 않았다.

소희는 작은엄마가 형범 엄마의 머리를 감기는 동안 바닥 청소를 했다. 작은엄마를 돕기 위해서라기보다 머리카락이 이곳에서의 기억인 양 쓸어 담아 버리고 싶어서였다.

"그동안 소희 덕분에 일손 많이 덜었는데 너 가고 나면 어쩐다니. 맘에 드는 사람 구하기도 쉽지 않은데."

작은엄마가 형범 엄마의 머리를 드라이기로 말리며 아쉬워했다. 지난 1년 반 동안 작은엄마는 소희가 미용실에서든 집에서든 일하는 걸 당연하게 여겼다. 보조 미용사가 그만

둔 다음에는 사람 다루기 골치 아프다며 새로 뽑지도 않았다. 소희는 부지런히 집안일을 해 놓고 공부를 하다 미용실로 불려 나가곤 했다. 그런데도 걸핏하면 작은아빠와 고모에게 군식구에 대한 불만을 표출하던 작은엄마가 소희가 가는 걸 아쉬워하다니. 사람들은 더는 주지 않아도 될 때야 비로소 너그러워지는 모양이다.

형범 엄마는 다 끝났는데도 가지 않고 긴 의자로 옮겨 앉았고, 작은엄마는 다른 손님 머리를 만지기 시작했다. 엄마는 약속 시간을 정확하게 맞췄다. 미용실 문이 열리는 순간 소희는 자기도 모르게 벌떡 일어섰다. 첫 만남 때와 달리 머리를 시원하게 틀어 올린 엄마는 얼굴의 반을 차지하는 선글라스를 쓰고 있었다. 선글라스 다리에 붙은 보석 박힌 로고가 귀고리 대신 빛났다. 파란색 원피스를 입은 엄마는 날씬했고 팔과 다리는 매끈하고 곧았다. 검은색에 역시 보석 같은 게 촘촘히 박힌 굽 높은 슬리퍼는 작은엄마가 형범네 가게에서 사 신는 슬리퍼와는 한눈에도 차이가 나 보였다.

소희는 선글라스로 얼굴을 가린 엄마 대신 작은엄마의 표정을 읽었다. 스무 살부터 20년 넘게 미장원 밥을 먹었다는 작은엄마는 손님의 외양만 보고도 뱃속까지 꿰뚫어 볼 수 있다고 자신하곤 했다. 소희는 작은엄마가 작은아빠한테 했던 이야기가 생각났다.

"내가 밥을 얻어먹고 싶어서가 아니라, 이 좁은 집에서 자기 자식을 키워 줬으면 큰 보답은 못 해도 밥 한 번은 사야 하는 거 아니야? 어떻게 그렇게 입을 싹 씻을 수가 있어. 돈 좀 있다고 사람 무시하는 거야, 뭐야? 소희 데리러 와서 아니꼽게 굴면 한마디 해 줄 거야."

그랬던 작은엄마가 파마를 말다 말고 손님을 내팽개쳐 둔 채 의자가 초라한 걸 부끄러워하고, 대접할 게 변변치 않다면서 미안해했다. 형범 엄마 역시 자기 머리보다 엄마에게 더 관심을 가졌다.

엄마는 입꼬리를 약간 올리는 것으로 작은엄마의 환대에 답했을 뿐 선글라스를 벗지도, 음료수를 마시지도 않았다. 대신 쟁반 위에 그동안 소희를 돌봐 줘 고맙다며 봉투 하나를 올려놓았다. 작은엄마는 비싼 파마 손님을 대할 때의 스무 배쯤 되는 아부가 섞인 미소를 지었다. 그리고 엄마 손가락에서 반짝거리는 반지를 보고는 짧은 한숨으로 미소를 마무리 지었다. 소희는 그 한숨으로 작은집에서 받았던 설움을 모두 잊기로 했다. 갑작스레 찾아온 행운에 대한 소희식의 예의였다.

망각의 강

강남 중심부로 들어서자 차가 밀리기 시작했다. 엄마는 미용실에서 소희에게 "가자."라고 한 뒤 말이 없었다. 소희 역시 마음이 복잡해 먼저 말을 걸 기분이 아니었다. 그렇게 기다리던 날이었지만 막상 차가 출발하자 달밭마을을 떠나던 날과 같은 막막함과 불안함이 안개처럼 피어올라 설렘과 흥분을 뒤덮었다. 근원과 정체를 알 수 없는 감정이었다. 소희는 무릎에 놓인 책가방을 끌어안았다.

나는 지금 친엄마 집으로 가는 거야. 아저씨하고 동생들도 이미 만났잖아. 소희는 스스로에게 말하며 얼마 전의 만남을 떠올렸다. 아저씨가 운영한다는 퓨전 일식 레스토랑은 분위기가 고급스러웠다. 아저씨는 호탕하면서도 서글서

글한 태도로 소희를 반겨 주었다. '아빠'라는 호칭은 천천히 써도 된다고 먼저 말해 주었고 서빙하러 온 종업원들에게도 소희가 새로 생긴 딸임을 당당하게 밝혔다. 열한 살인 우혁은 낯을 가렸지만 여덟 살인 우진은 형 몫까지 소희를 반겨 주었다. 소희에게는 최상의 환대였다. 그 생각을 하자 설렘과 흥분을 뒤덮었던 안개가 조금씩 흩어지기 시작했다.

차는 달리다 서다를 반복하며 강변을 따라가고 있었다. 강 건너편에도 고층 아파트가 즐비했다. 소희는 모터보트와 유람선이 떠 있는 강을 바라보았다. 평화로운 풍경에 소희의 마음도 함께 잔잔해졌다.

차가 한강 다리로 들어섰다. 긴 다리 아래로 흐르는 물이 소희에게는 그리스 신화에 나오는 망각의 강처럼 여겨졌다. 강 건너편에서 보낸 지난 기억 따윈 강물과 함께 모두 흘려보내야지, 소희는 다짐했다.

소희는 운전하는 엄마를 보았다. 소희가 뒤에 타고 있다는 걸 잊은 사람처럼 말이 없었다. 소희는 엄마의 마음을 어렴풋이나마 이해할 수 있을 것 같았다. 인간에게 새끼를 뺏긴 어미 원숭이를 죽은 다음 살펴보았더니 창자가 마디마디 끊어져 있더라는 중국의 옛이야기가 있다. 국어 시간에 '애끊다'라는 말을 설명하며 선생님이 들려주었다. 그때 소희는 아들이 세상을 떠난 뒤, 어린 손녀만 아니었으면 따라 죽었을 거라던 할머니를 생각하며 그 뜻을 이해했다.

그런데 자신도 엄마에게 그런 자식인 거다. 사람은 어떤 감정이 극에 다다르면 오히려 그 감정과 반대로 행동하는 법이다. 할머니가 돌아가셨을 때 소희는 눈물이 나오지 않았다. 그저 멍할 뿐 슬픔도 느껴지지 않았다. 엄마도 지금 그런 거다. 나는 엄마를 잊고 살았지만 엄마는 그동안 어미 원숭이처럼 슬프고 고통스러웠겠지. 딸을 다시 만난 지금 온갖 감정들이 소용돌이치면서 엄마의 말문을 막고 있는 거야.

그렇게 이해하려고 노력했지만 엄마의 침묵에 짓눌리는 기분이 드는 건 어쩔 수 없었다. 몇 번이나 먼저 말을 걸려고 속으로 연습까지 하다가 그만둔 소희는 조금씩 움츠러들기 시작했다. 에어컨 바람이 차가워서라고, 소희는 생각했다.

먼 여행

강을 건너서도 도로는 여전히 막혔다. 두 시간도 넘게 걸린 끝에 차가 큰길에서 골목으로 접어들었다. 다 와 가는 모양이다. 소희는 허리를 곧추세운 채 자신이 앞으로 오가게 될 거리를 바라보았다.

서울에서 흔히 볼 수 있는 아파트 대신 단독 주택들로 이루어진 동네였다. 높은 담장 너머로 잘 다듬어진 나무들이 보였고, 집집마다 보안 시스템 표시가 붙어 있었다. 그중 한 집 앞에서 엄마가 차를 세웠다. 붉은색 벽돌로 된 높은 담장 가엔 소나무와 향나무의 윗부분이 보였다.

엄마가 리모컨을 누르자 아치형 대문과 좀 떨어져 있는 셔터가 자동으로 올라갔다. 차고였다. 시동을 끄고 핸드백을 든 엄마가 "내리자." 했다. 두 번째 한 말이었다. 소희는 책가방을 멘 뒤 가방을 들고 차에서 내렸다. 소희의 가슴은 진작부터 그물 속의 물고기처럼 퍼덕거리며 뛰고 있었다. 차고 밖으로 나오자 석양의 열기가 훅 끼쳤다. 시원하다 못해 써늘한 차 안에서 마음 따라 몸도 잔뜩 웅크리고 있었던 터라 열기가 나쁘지 않았다.

차고에서 이어진 계단을 올라가자 생각보다 더 넓은 잔디밭 너머로 집의 전경이 보였다. 여름날의 논처럼 싱그러운 초록색 잔디밭 담장 쪽 가장자리로 소나무와 향나무가 서 있었고, 또 다른 한편에는 그네와 농구 골대, 파라솔이 드리워진 탁자가 놓여 있었다. 소희는 앞으로 살 집이 아파트가 아니라 마당이 있는 집인 게 마음에 들었다.

계단이 끝나는 곳에서부터 듬성듬성 놓인 돌길이 현관까지 이어져 있었다. 엄마가 돌아서더니 소희 손에 든 가방을 빼앗아 들었다.

"안 무거운데……."

엄마는 말없이 앞장서 걷기 시작했다. 소희는 허전해진 빈손으로 돌판을 한 개 한 개 밟으며 엄마를 따라갔다. 집 안에 들어와 있는데도 이런 곳에서 살게 됐다는 게 믿기지 않았다. 현관에 다다르기 전에 문이 열리며 우진이 뛰어나왔다. 이미 만나서인지 친근했고 반가웠다.

"누나, 지금부터 우리 집에서 사는 거지?"

우진이 소희 손을 잡아 흔들며 말했다. 엄마가 낳은 아이니까 진짜 동생이다. 사촌 동생들과는 느낌이 달랐다.

"누나, 우리 집 어떻게 생겼는지 잘 모르지? 내가 다 알려 줄게."

우진의 재잘거림에 소희는 저절로 미소가 지어졌고 기분이 좋아졌다.

"형은?"

엄마가 선글라스를 벗으며 물었다. 엄마는 부자연스러울 정도로 우진에게만 시선을 맞추었다. 소희는 엄마가 선글라스로 피하려던 게 햇빛이 아니라 자신의 눈길이었을지 모른다는 생각이 들었다. 엄마와 세 번째 만났는데도 여전히 처음인 양 어색한 게 자기 때문인 것만 같았다. 관계가 가까워지려면 어느 쪽이든 먼저 손을 내밀어 잡아야 한다. 우진처럼 말이다. 소희는 자신이 그 역할을 해야 한다고 생각했다.

"몰라, 방에서 안 나와."

소희는 크게 서운하지 않았다. 지금은 서먹해도 머잖아 사촌 동생들처럼 스스럼없어질 것이다. 그렇더라도 지금 당장 이 너른 집에서 자신을 환영해 주는 사람은 우진밖에 없는 것 같아 소희는 잡은 손에 힘을 주었다.

현관문을 열고 안으로 들어서자 작은집보다 몇 배는 넓은 거실이 눈앞에 나타났다. 고급스러운 가구와 가전제품이 놓인 거실엔 벽난로도 있었다! 자기도 모르게 집 안을 두리번거리고 있는 소희의 발 앞에 우진이 슬리퍼를 놓아 주었다.

"누나, 이거 신어. 누나 거야."

소희는 베이지색 슬리퍼에 어쩐지 초라하고 부끄러운 맨발을 밀어 넣었다. 그때 안쪽에서 50대 후반쯤 돼 보이는 아주머니가 나왔다. 앞치마를 두른 걸 보니 도우미 아주머니인 모양이었다. 아주머니가 엄마 손에 있는 가방을 받아들려고 했다.

"괜찮아요. 별일 없었죠?"

"우혁이네 반 회장 엄마란 분이 전화했어요. 휴대폰 안 받는다고."

소희는 엄마가 자신이 들고 있던 가방을 굳이 빼앗아 든 이유를 알 것 같았다. 초라한 짐을 직접 든 모습을 내보이고 싶지 않았던 거다. 집에 첫발을 디디는 딸을 배려한 건지 아니면 엄마의 체면을 위해서인지는 알 수 없었다.

우진이 아주머니에게 소희를 소개했다.

"이모, 우리 누나야. 내가 오늘 올 거라고 말했지? 이제 우리 집에서 같이 살 거야."

"집안일 해 주시는 이모님이셔. 우진이 어릴 때부터 일해 주셨어."

엄마 말에 소희는 인사를 했다.

"어서 와. 반가워. 마실 것 좀 내올까요?"

아주머니는 소희에게 인사를 건네곤 엄마에게 물었다.

"그러세요. 뭐 마실래?"

소파 쪽으로 가며 엄마가 소희에게 물었다.

"아, 아무거나요."

"이모, 난 레모네이드."

우진이 말했다.

"레모네이드 두 잔하고, 블랙티요."

엄마가 소파에 앉았다.

"우혁인 안 마시려나?"

아주머니가 2층으로 난 계단 쪽을 바라보며 말했다.

"그냥 그것만 갖다주세요. 소희야, 이리 와서 앉아."

엄마 말에 소희는 남의 집에 온 양 움츠러들었던 마음이 펴지는 듯했다. 소희는 우진과 함께 소파로 갔다. 통유리창으로 정원이 내다보였다. 아주머니가 주방으로 가고 난 뒤 엄마가 말했다.

"아침은 7시 반에 먹고 저녁은 7시에 먹으니까 집에 있을 때는 제시간에 식당으로 내려오면 돼."

아주머니가 있을 때보다 굳어진 표정과 말투였다. 엄마는 등받이에 몸을 파묻으며 눈을 감았다. 소희는 그 덕분에 엄마 얼굴을 오래 바라볼 수 있었다. 멀고 먼 여행에서 돌아온 듯 잔뜩 지친 얼굴이었다. 밖에서 볼 때보다 조금 더 나이가 들어 보였다. 소희는 엄마를 힘들게 만든 것 같아 미안했다. 아주머니가 마실 것들을 탁자 위에 내려놓았을 때서야 눈을 뜬 엄마가 말했다.

"저녁 식사부터 식기, 같은 걸로 한 벌 내놔 주세요. 수저도요. 오늘은 우혁 아빠도 함께 식사할 거예요."

소희가 음료를 마시는 동안 우진이 왔다 갔다 하며 아래층을 설명했다. 아래층엔 주방, 식당과 거실, 그리고 방 두 개가 있었다. 엄마와 아저씨가 쓰는 방과 우진의 방이라고 했다.

"할머니 방이었는데 지금은 내 방이야. 그치, 엄마?"

엄마가 차를 마시며 건성으로 고개를 끄덕였다.

"누나 방은 2층이야. 내가 알려 줄게."

'누나 방'이란 우진의 말에 가슴이 툭탁거리며 뛰기 시작했다. 달밭마을을 떠난 뒤 소희가 가장 갖고 싶었던 게 바로 자신만의 공간이었다. 아무런 방해를 받지 않고 공부하고, 생각하고, 책 읽고, 울 수도 있는…….

모든 절차를 생략하고 그 방으로 가고 싶은 소희는 얼른 레모네이드를 다 마셨다. 이미 일어서서 잡아끄는 우진에게 손을 잡힌 채 소희는 엄마를 바라보았다. 엄마가 고개를 끄덕였다. 소희는 가방들을 챙겨 들고 우진을 따라갔다. 계단을 올라가던 소희가 물었다.

"지하실도 있어?"

계단이 아래층으로도 이어져 있기 때문이었다.

"응, 거기는 아빠가 음악 듣고 골프 연습하는 데야."

궁금증이 사라졌다. 아저씨의 공간이라면 갈 일도 없을 테니까. 소희가 이 집에서 가장 보고 싶고, 가고 싶은 곳은 자신의 방이었다.

2층으로 난 계단을 다 올라간 소희는 작은 탄성을 질렀다. 아래층보다는 작은 거실의 한쪽 벽면 전체가 책장으로 꾸며져 있었다. 소희는 자기도 모르게 우진의 손을 놓고 책장 쪽으로 다가갔다. 읽을 만한 책이 많았다. 정원을 내다보며 책 읽는 걸 상상하니 가슴이 벅찼다.

발소리와 함께 엄마가 모습을 나타냈다. 엄마는 거실을 사이에 두고 마주 보고 있는 방 중 한쪽을 향해 우혁을 불렀다. 하지만 안에서는 아무런 응답이 없었다. 엄마가 몇 번이나 더 부르고 우진이 문을 두드려서야 우혁은 방에서 나왔다.

"누나 왔는데 나와 보지도 않고 뭐 해?"

"영어 듣기 하느라 몰랐어요."

우혁은 엄마의 나무람에 퉁명스레 대꾸했다.

"형, 누나 오늘부터 우리하고 같이 살 거야."

우진이 마치 혼자만 알고 있는 것처럼 말했다. 우혁은 우진에게 슬쩍 주먹을 쥐어 보였다. 소희는 자기 게 분명한 다른 한 방에 얼른 가 보고 싶은 마음밖에 없었다. 책이 가득한 거실을 보고 나니 방에 대한 기대감이 더 높아졌다.

"누나한테 인사 안 해!"

엄마 말에도 우혁은 억울하게 혼나는 아이처럼 뒷짐을 쥐고 한 발로 거실 바닥을 문대기만 할 뿐 입을 열지 않았다. 소희가 얼른 먼저 말을 건넸다.

"그동안 잘 지냈어? 앞으로 잘 부탁해."

동생에게 하는 인사말치고는 너무 형식적이었지만 소희로서는 최선을 다한 거였다. 그래도 우혁은 잠자코 있었다. 엄마가 짧은 한숨을 쉬더니 우혁에게 우진을 데리고 들어가라고 했다.

리나의 방

"여기가 네가 쓸 방이야."

엄마가 방 앞에서 말했다. 소희는 '네 방'이 아니고 '네가 쓸 방'이란 말에 주춤했다. 그 표현은 어쩐지 자신이 가족이 아니라 객식구일 뿐이라고 선을 긋는 것 같았다. 어감은 물론 토씨 하나에도 예민해지는 버릇은 작은집 생활에서 얻었다. 지난 일은 이제 잊어. 소희는 스스로에게 말했다.

문을 열자 산뜻하면서도 우아한 느낌의 흰색 가구들이 배치된 방 안 풍경이 나타났다. 정원으로 향한 커다란 창이 있는 방은 상상했던 것보다 훨씬 좋았다. 소희는 꿈속으로 들어서듯 조심스레 발을 들여놓았다. 책상 위에는 새 노트북까지 놓여 있었다. 소희의 가슴이 터질 듯이 뛰었다.

“옷장에 교복하고 당장 입을 옷들 준비해 놓았으니까 입어 보고 맞지 않으면 말해. 바꿔다 줄 테니까. 그리고 속옷은 서랍에 들어 있고 빨랫감은 바구니에 넣어 두면 돼. 청소도 이모님이 해 줄 거니까 신경 쓰지 않아도 되고. 가구는 리나가 쓰던 거지만 워낙 좋은 것들이라 바꾸지 않았어. 대신 도배하고 침대 시트는 새로 바꿨는데 마음에 들지 모르겠다.”

‘네가 쓸 방’이라는 말에 주름졌던 소희의 마음이 스르르 풀렸다. 사촌 동생 둘이 쓰는 방에 끼어 지내면서 책상 한 번, 컴퓨터 한 번 마음대로 쓰지 못했던 설움까지 한꺼번에 사라지는 것 같았다.

내가 쓸데없이 예민했던 거야. 객식구를 위해 이렇게 완벽한 준비를 해 놓는 게 어디 있어. 예전에는 다른 사람 방이었는지 모르지만 이제는 내 방이야. 소희는 방을 새로 꾸미고 자신의 물건들을 준비했을 엄마를 생각하자 마음이 따스해졌다. 드디어 챙겨 주고 위해 주는 엄마가 생겼다는 사실이 온몸으로 느껴졌다. 행운이 행복까지 가져다주지는 않는다는 글을 어디선가 본 적이 있었지만 소희는 이 방에서 완벽하게 행복해질 자신이 있었다. 소희는 행운과 행복을 한꺼번에 선사해 준 엄마에게 다가갔다. 그리고 큰 용기를 내 엄마를 안으며 말했다.

"고마워요, 엄마. 앞으로 잘할게요."

팔을 두르는 순간 소희는 엄마 몸이 딱딱하게 굳는 걸 느꼈다. 엄마는 소희를 마주 안는 대신 어깨에 손을 올렸다. 마치 자기를 떼어 내려는 동작 같아 소희는 얼른 엄마에게서 떨어졌다. 먼저 다가가면 될 줄 알고 한 걸음 내딛었는데 엄마는 두 걸음 물러섰다. 당황한 소희는 자기가 엄마를 빤히 바라보고 있음을 깨닫지 못한 채 서 있었다. 엄마가 시선을 피하며 약간 멋쩍은 표정으로 말했다.

"노트북은 우혁 아빠 선물이야. 프린터도 내일까지 올 거야. 좀 쉬다 시간 되면 저녁 먹으러 내려와."

새아빠나 아저씨가 아니라 우혁 아빠였다. 소희에게는 그것도 무언가 선을 긋는 것처럼 여겨졌다. 엄마가 나간 뒤 딸깍하고 닫히는 방문을 보며 소희는 긴 한숨을 쉬었다.

자리

개학날이었다. 소희에게는 새 학교에서 맞이하는 첫날이다. 달밭마을에서 초등학교를 졸업하고 서울 작은집에서 중학교에 입학해 2학년 1학기까지 다녔으니 전학은 처음인 셈이다. 소희는 교복 입은 모습을 거울에 비춰 보았다. 입어 보고 산 것도 아닌데 잘 맞았다. 엄마가 미리 준비해 놓은 옷이며 가방, 학용품들은 소희가 그동안 가져 본 것들보다 훨씬 더 고급스럽고 세련돼 보였다. 게다가 주머니 속에는 최신 휴대폰까지 들어 있다.

"누나, 학교 가자."

우진이 쿵쾅거리며 뛰어와 방문을 벌컥 열었다. 교복을 입은 모습이 귀여웠다. 사립 초등학교에 다닌다는 우혁과 우진은 소희보다 개학이 빨라 벌써 학교에 다니고 있었다. 우진의 손에 이끌려 거실로 나온 소희는 우혁의 방을 바라보았다. 아직 방에 있으면 불러서 함께 나가고 싶었지만 참았다. 우혁은 아직도 새로 생긴 누나가 낯선 모양이다. 이럴 때 너무 들이대는 것도 역효과가 난다.

소희는 현관에서 새 스니커즈를 신었다. 전학 수속을 밟던 날 엄마가 백화점에 데리고 가 사 준 신발이었다. 엄마는 구두도 함께 사 주면서 직원에게 소희가 신었던 신발을 버리라고 했다. 아직 멀쩡해서 아깝긴 했지만 소희는 형범 엄마의 동정 어린 눈길도 같이 버리자고 마음먹었다. 새 신발을 신자 발바닥에서부터 시작된 새 출발에 대한 각오가 온몸으로 퍼졌다.

대문 밖에 엄마의 차가 대기하고 있었다. 선글라스를 머리에 얹은 채 운전석에 앉아 있는 엄마는 출근이라도 하는 것처럼 옷을 갖춰 입고 있었다. 달밭마을 진료소 소장님인 미르 엄마보다 몇 배는 더 근사해 보였다. 소희는 미르와 바우에게 엄마를 마구 자랑하고 싶었다. 자랑하고 싶은 게 어디 그뿐이랴.

컴퓨터도 있고 휴대폰도 있으니 얼마든지 다시 연락할 수 있다. 하지만 소희가 먼저 소식을 끊었다. 안부를 걱정하는 미르와 바우에게 냉담하게 굴어 서운하게 만들고 끝내는 포기하게 만들었다. 그래 놓고 행운이 찾아오자 그걸 자랑하기 위해 다시 연락하는 짓은 할 수 없다. 소희는 이제 정말 미르, 바우와 헤어지게 됐음을 깨달았다. 또 그동안 그 애들을 한시도 잊은 적 없음도 함께 깨달았다.

"소희가 먼저 내리니까 앞에 타고 우진인 형이랑 뒤에 타."

엄마의 귓불에서 귀고리가 달랑거렸다. 그 모양이 소희 가슴속에서 기분 좋은 소리를 냈다. 소희는 우진의 손을 놓고 얼른 앞자리에 탔다. 엄마 옆자리에 앉는 건 처음이다. 이렇게 조금씩 가까워지다 다른 집 모녀 사이처럼 되겠지. 엄마와 수다 떨고, 엄마와 쇼핑하고, 엄마와 여행 가고, 엄마와……. 상상만으로도 숨이 가빠졌다.

우혁이 모습을 나타내자 엄마는 시동을 걸었다. 차 앞까지 온 우혁이 멈춰 서선 움직이지 않았다.

"형, 얼른 타."

우진이 차창을 열고 소리쳤지만 우혁은 그 자리에 그냥 서 있었다. 소희가 앉은 쪽 문이었다.

"왜 안 타?"

엄마가 차창을 열고 채근하자 우혁이 입을 열었다.

"앞에 탈 거야."

안전띠까지 매고 있던 소희는 엄마를 바라보았다.

"누나가 먼저 내리니까 그냥 뒤에 타."

엄마가 말했지만 우혁은 고집스레 버티고 서 있었다.

"제가 뒤로 갈게요."

민망해진 소희는 얼른 안전띠를 풀고 내려 뒷자리에 탔다.

"날마다 뒤에 타더니 오늘따라 왜 그래?"

엄마가 옆에 앉은 우혁에게 가볍게 핀잔을 주며 차를 출발시켰다.

이름

엄마가 소희의 새 학교 앞에서 차를 세웠다. 이미 엄마와 함께 전학 수속을 끝내고 반 배정과 교과서도 받아 놓은 터라 교무실로 담임 선생님을 찾아가기만 하면 되었다. 방학 중이라 선생님 대신 서류 처리를 해 주었던 당직 선생님이 개학 날은 소희 혼자 와도 된다고 했다.

"담임 선생님께 조만간 찾아뵙는다고 말씀드려."

"누나, 선생님 말씀 잘 듣고 공부 열심히 해."

소희는 엄마와 우진의 배웅을 받으며 차에서 내렸다. 소희는 차가 떠난 뒤 잠시 서서 와글거리며 교문 안으로 들어가는 아이들을 바라보았다. 아이들의 수선스러운 목소리나 몸짓에 새 학기 첫날의 설렘이 가득했다. 학교와 아이들에 대한 추억은 전무했지만 낯설지 않은 광경이었다. 소희는 심호흡을 한 뒤 아이들 틈에 섞여 운동장을 지나 1층에 있는 교무실로 갔다. 건물 구조가 전에 다니던 학교와 비슷했다. 그 안에서 생활하는 아이들도 크게 다르지 않을 거다. 달밭마을에서 올라와 처음 중학교에 입학했을 때보다는 아이들 대하기가 수월할 것 같았다.

교무실로 간 소희는 2학년 3반 담임 선생님의 자리를 찾았다. 담임 선생님은 40대 후반으로 보이는 여자 선생님이었다. 소희는 선생님의 책상 앞으로 가서 꾸벅 인사를 했다.

"아, 네가 전학생이구나. 예비 종 칠 때까지 거기 잠깐만 앉아 있어."

소희는 선생님 책상 근처에 있는 긴 의자에 앉았다. 선생님이 서류를 뒤적거리는 걸 보자 혹시 성이 바뀐 걸 보고 이유를 물어보면 어쩌나 가슴이 두근거렸다.

"정소희."

선생님이 불렀지만 소희는 금방 대답하지 못했다. 잠시 딴생각에 빠져 있기도 했지만 '정소희'란 이름은 너무나 낯설어 자신을 부르는 것 같지 않았다. 소희는 선생님이 한 번 더 불러서야 허둥지둥 대답했다.

"이것 좀 써라."

선생님이 내민 종이에는 부모님과 자기 전화번호를 적는 칸이 있었다. 소희는 가슴이 철렁 내려앉았다. 아저씨 전화번호를 몰랐다.

소희는 일단 아빠 이름을 적는 칸에 '정인규'라고 썼다. 이름을 기억하고 있는 게 다행이다 싶은 한편 이렇게 당당하게 아빠 이름 쓰는 칸을 채울 수 있는 것도 괜찮은 기분이었다. '최영선'이라는 엄마 이름과 외우고 있는 휴대폰 번호, 그리고 자기 것을 쓴 다음 선생님께 종이를 돌려주었다.

"아빠 번호는 왜 안 적었어?"

소희는 얼굴이 화끈거리는 것을 느끼며 대답했다.

"모, 못 외워요. 며칠 전에 바뀌었거든요."

천만다행으로 순발력 있게 대답이 나와 줬다.

"하긴 나도 우리 애들 번호 못 외운다. 근데 네 휴대폰에 저장 안 해 놨어?"

"휴대폰을 아, 안 가져왔어요."

첫날부터 선생님한테 거짓말을 하게 됐다. 하지만 사실을 알리는 것보다는 나았다.

"그건 잘하는 짓이다. 학교에 휴대폰 가져와도 못 쓰니까 앞으로도 가져오지 마."

"저, 엄마한테 전화 걸어서 물어볼까요?"

그렇게 말할 수 있어서 다행이었다.

"내일 알아 와서 적어. 전 학교에서 공부 잘했던데 여기서도 그 성적 유지해야 한다."

선생님이 말했다. 소희는 가슴이 또 내려앉았다. 성적을 아는 걸 보면 서류를 보았을 텐데 선생님은 성이 바뀐 걸 몰랐는지 아니면 알면서도 배려하는 건지 알 수 없었다.

선생님을 따라 교실로 가면서 소희는 주머니 속에 있는 휴대폰 전원을 껐다. 휴대폰이 돌덩이처럼 무거워졌다. 그리고 잔뜩 긴장이 됐다. 이미 나름대로 질서가 잡혀 있을 2학기 교실에 끼어들 일도 두려웠지만 자기소개를 할 때 실수해서 '윤소희'라고 할까 봐 더 겁났다. 교실까지 가는 내내 소희는 '정소희'를 되뇌었다. 이 학교에서는 자기 잘못이 아닌 일로 아이들의 입에 오르내리는 존재가 되고 싶지 않았다.

필통은 필통이다

선생님을 따라 교실로 들어선 소희는 반 아이들의 시선이 한꺼번에 쏠리는 걸 느꼈다. 선생님이 소희에게 자기소개를 하라고 했다. 초등학교 5학년과 6학년 때 반장을 했었기에 아이들 앞에 서는 게 어렵지 않았지만 전학생으로서 말을 하려니 긴장됐다.

"안녕하세요? 정소희라고 합니다. 앞으로 친하게 지냈으면 해요."

소희는 목소리가 약간 떨렸지만 무난하게 소개를 마쳤다. 아이들이 환영의 박수를 쳤다.

"소희는 강남에서 전학 왔는데 성적이 좋아. 한 반이 됐으니 앞으로 서로 사이좋게 지내며 선의의 경쟁을 펼치길 바란다."

소희는 선생님의 소개에 괜한 오해나 관심을 받게 될까 봐 걱정됐다.

"얼마나 잘했는데요?"

벌써 누군가 뾰족한 말투로 물었다. 그쪽을 바라보니 한 아이가 새침한 표정으로 소희를 바라보았다. 아마 반에서 1, 2등을 다투는 아이일 거다.

"그건 개인적으로 물어보도록 하고, 어디 앉으면 좋을까?"

선생님이 교실 안을 둘러보았다.

"쌤, 제 옆자리 비었어요."

뒤에서 두 번째 줄에 앉은 아이가 손을 번쩍 들고 말했다. 소희는 선뜻 옆자리를 내주려는 아이를 바라보았다. 쌍꺼풀진 커다란 눈이 얼굴의 다른 모든 단점을 가리고도 남을 만큼 예뻤다.

"소희야, 채경이 옆에 가서 앉아."

채경이라는 아이가 들었던 손을 계속 흔들며 소희를 반겨주었다. 소희는 서글서글해 보이는 채경이 마음에 들었다. 하지만 친구 관계가 공고해진 교실에서 섣불리 아이들 사이에 끼어드는 건 위험한 짓이라 지켜보기만 했다.

채경은 항상 붙어 다니는 단짝 친구 대신 몇 명의 아이들과 무리 지어 어울렸다. 그러면서도 전학 온 소희를 배려해 화장실도 같이 가고, 밥도 같이 먹고, 체육 시간에 함께 나가 주었다.

적당한 거리를 유지하던 소희와 채경이 급격히 가까워진 건 소희의 지갑 때문이었다. 어느 날 학급비를 내느라 지갑을 꺼냈는데 갑자기 채경이,

"어! 야, 그거 진짜야? 좀 보자."

하며 빼앗아 갔다. 소희는 어리둥절해 채경을 바라보았다. 지갑을 이리 보고 저리 보던 채경은 소희의 허락도 구하지 않고 열어 안쪽을 살폈다.

"대박! 진짜네. 너 그럼 필통이랑 가방도 다 진짜였단 말이야? 짝퉁이 아니고?"

소희는 채경이 지갑이 진짜인지 아닌지 알아내는 것도 신기했고, 진짜인 게 그렇게 호들갑을 떨 일인지 이해가 가지 않았다.

"그게 뭐?"

"오, 시크한데. 그건 컨셉이냐?"

"무슨 소리야. 그래 봤자 필통이고 가방인데."

"헐, 완전 재수 없다, 정소희. 부자들은 다 그런 거야?"

소희가 당황하는 순간 채경은 웃으며 소희의 팔짱을 꼈다.

"근데 난 부자 좋아하니까 괜찮아. 우리 친하게 지내자."

소희는 자신이 부자라고 생각한 적은 한 번도 없었다. 아직 이층집의 방 한 칸에 얹혀사는 것 같았기 때문이다. 하지만 친해지자는 채경의 말은 소희의 마음을 환하게 해 주었다.

채경은 아무 의심 없이 순수하게 소희를 부러워했다. 그 이유가 자신이 지닌 물건들 때문일지라도 좋았다. 채경과 함께 있으면 무엇이든 잘해 아이들의 부러움을 샀던 달밭마을의 윤소희로 돌아간 것 같았다.

두 개의 시간

“우진아, 그런 거 사 먹으면 엄마한테 혼나잖아.”

소희와 함께 집 안으로 들어선 우진에게 도우미 아주머니가 말했다. 우진은 얼른 슬러시를 뒤로 감추었고, 소희는 영문을 몰라 자기가 들고 있는 걸 바라보았다.

문제집을 사러 큰길가 서점에 가는데 우진이 따라나섰다. 돌아오는 길, 초등학교 앞 문구점에 아이스크림과 슬러시를 파는 기계가 있었다. 소희는 처음으로 단둘이 외출한 동생에게 무언가 사 주고 싶었다. 우진은 소희가 사 준 슬러시가 세상에서 가장 맛있는 것인 양 빨대에서 입을 떼지 못했다. 소희는 누나 노릇을 한 듯 뿌듯해졌다.

“제 용돈으로 사 준 거예요, 이모님.”

소희는 어린 우진이 마음대로 돈을 썼다고 그러는 줄 알았다.

"그게 아니고 소희야, 앞으로 너도 이런 거 집으로 가지고 오지 마. 우진이는 특히 장이 약해서 사모님이 사다 주시는 간식 외에는 먹으면 안 돼. 알았지?"

소희는 머쓱해졌다.

"응, 이제 안 먹을게. 엄마한테 말하지 마, 이모."

우진이 바닥에 슬러시가 조금 남은 컵을 소희에게 내밀었다. 우진의 슬러시를 받아 든 소희는 뒤늦게 소파에 누워 게임을 하는 우혁을 보았다. 우혁은 옆에서 무슨 일이 벌어지든 아무 관심도 없는 듯했다. 소희는 정원을 내다보며 우진이 남긴 것까지 다 마셨다.

그런데 우진은 바로 배탈이 났다. 소희는 엄마 집에 와서 가장 먼저 한 일이 동생을 병나게 만든 일인 것 같아 너무 미안하고 부끄러웠다.

"우진이, 뭐 먹었는데 이래요?"

엄마의 물음에 아주머니가 우물쭈물했다. 소희는 아주머니를 곤란하게 만들기 싫어 솔직하게 말하려고 했다. 그런데 우혁이 "불량 식품 먹여서 그래요." 하고 앞질러 말했다. 소희는 졸지에 자기가 한 짓을 아주머니한테 떠넘긴 채 시치미를 떼고 있는 꼴이 됐다.

"죄송해요. 우진이한테 문구점에서 파는 슬러시를 사 줬어요. 장이 약한 줄 몰랐어요."

엄마는 소희에게서 시선을 비낀 채 낮은 목소리로 말했다.

"앞으론 너도 그런 거 사 먹지 마."

소희는 슬러시를 한 모금 꿀꺽 삼켰을 때처럼 가슴이 써늘해졌다. 이야기가 끝나자 우혁이 벌떡 일어나더니 쿵쾅거리며 2층으로 올라갔다. 소희의 써늘해진 가슴속은 오래도록 데워지지 않았다.

소희는 두 개의 시간을 사는 것 같았다. 학교와 집. 학교의 소희는 흐르는 시간에 잘 적응하며 그 시간만큼 발전하고 있었다. 하지만 집에서의 시간은 처음 오던 때와 크게 달라진 게 없이 멈춰 서 있었다. 차의 자리에서 시작된 우혁의 심술은 종종 소희를 불편하고 난처하게 만들었다. 안 먹던 것도 소희가 먹고 나면 내놓으라며 아주머니에게 성화를 부렸고, 안 보던 책도 소희가 읽을라치면 없어졌다고 우진을 다그쳤다. 소희는 우혁이 자신을 없는 사람 취급하면서 다른 사람을 통해 괴롭히는 것에 기분이 상했다.

"소희야, 우혁이 요즘 사춘긴가 봐. 갑자기 누나가 생긴 거에도 충격받았고……. 애들은 리나만 있는 줄 알고 있었거든. 그러니까 우혁이 못되게 굴더라도 좀 이해해 줘. 차차 괜찮아질 거야."

우혁의 심술이 계속되자 엄마가 말했다.

소희가 작은집에서 사는 동안 가장 힘들었던 건 스스로가 거치적거리는 존재로 여겨지는 거였다. 할머니가 아팠을 때, 혹처럼 붙은 자신 때문에 작은아들 집에 가지 않으려 했던 걸 알기 전까지는 한 번도 느껴 본 적 없는 감정이었다. 그 사실을 안 소희는 작은집에서 살 때 열심히 집안일을 했고, 사촌 동생들을 돌봤고, 공부를 하다 말고 미용실에 나가 작은엄마를 도왔다.

이제 와서 작은엄마, 아빠를 원망할 생각은 없었다. 모두 잊기로 했을 뿐더러 부모 없는 조카까지 돌보기에는 형편이 넉넉지 않았고 너무 바빴다고 생각하고 싶었다. 그런데 엄마와 살면서도 여전히 그런 존재로 여겨지는 건 억울하고 화나는 일이었다. 엄마가 지금 걱정하고 신경 써야 할 사람은 우혁이 아니라 그동안 버려두었던 자신이다. 소희는 엄마에게 소리치고 싶었다.

'나는 갑자기 생긴 게 아니라 원래부터 있었다고요! 엄마를 뺏긴 건 우혁이가 아니라 내가 먼저라고요!'

하지만 소희는 그 말을 하지 못했다. 엄마까지 자신을 귀

챦아하게 될까 봐 무서웠다. 소희는 자기 방이 있고 반 아이들에게 엄친딸 소리를 듣게 해 주는 이 집을 떠나고 싶지 않았다. 무엇보다 이제 이 집이 아니면 갈 곳이 없다.

소희는 언제 어떤 변덕과 심술을 부릴지 알 수 없는 우혁 때문에 방에서 나가는 게 싫었다. 우혁과 같이 있는 자리에선 먼저 먹지도, 차를 타지도, 말을 하지도 않았다. 소희는 그런 태도가 안 좋게 비친다는 걸 알았다. 엄마가 침묵으로 나무라는 것도 느껴졌다. 하지만 우혁과 계속 부딪히다가 자기도 모르게 폭발하게 될까 봐 겁났다.

소희는 우진에게도 살갑게 대하지 않았다. 우혁에게 당하면서 속없이 우진에게 잘해 주는 게 자존심 상해서였다. 하지만 우진은 아직 어려서인지 아니면 남의 표정이나 마음 따위를 읽으면서 살 필요가 없어서인지 소희가 아무리 인상을 쓰거나 짜증을 내도 주눅 들거나 서운해하지 않았다. 우진은 자신이 남에게 그런 대상이 될 수 있다는 사실 자체를 모르는 것 같았다. 우진을 보면 소희는 늘 다른 사람 눈치부터 살피고 있는 스스로가 불쌍해 가슴이 쓰라렸다.

빚을 갚는 방법

채경의 호들갑 덕분에 자기 물건들에 관심을 갖게 된 소희는 인터넷을 검색해 보았다. 가방, 학용품, 지갑, 신발은 물론 속옷, 양말, 머리끈까지도 유명 브랜드 제품이었다. 소희에게는 모두 입이 떡 벌어질 만한 가격이었다. 백화점에서 신발을 살 때, 엄마가 준비해 놓은 다른 물건들도 비쌀 거라는 짐작을 하고 있었지만 이 정도일 줄은 몰랐다. 할머니가 살아 있어 이 사실을 안다면 당장 물러오라고 야단칠 것 같았다.

소희는 엄마가 마음의 빚을 돈으로 치르고 있음을 깨달았다. 작은엄마에게 주었던 봉투와 자신에게 사 준 값비싼 물건들이 그 사실을 증명하고 있었다. 처음엔 엄마가 딸에게 그만큼 큰 빚을 졌음을 인정하고 노력하는 거라고 스스로를 위안하며 속아 넘어갈 뻔했다.

하지만 할머니가 그랬다. 빚에는 돈으로 갚을 것과 마음으로 갚아야 할 게 따로 있다고. 돈으로 갚아야 하는 빚을 마음으로 눙쳐도 안 되고 마음으로 갚아야 하는 빚을 돈으로 해결해서도 안 되는 법이라고. 소희는 엄마가 자기에게 진 빚이야말로 돈으로 갚을 수도 없고, 갚아서도 안 되는 거라고 생각했다.

재서

소희는 학교에서 좀 떨어진 곳에서 차를 내렸다. 소희네 학교는 사거리에서 좌회전을 해야 하고, 우혁과 우진이 다니는 학교는 직진을 해야 한다. 소희는 엄마가 자신을 학교 앞에서 내려 주면 돌아서 가야 한다는 걸 안 다음부터 그곳에서 내렸다. 순수한 호의는 아니었다. 그것도 엄마가 계산에 포함시킬 것 같아서였다.

아직 빨간불인 횡단보도 쪽으로 가던 소희는 재서가 서 있는 걸 보았다. 언제나처럼 이어폰을 귀에 꽂고 손을 바지 주머니에 넣은 채였다. 채경의 말대로 왕싸가지 냄새가 풀풀 풍겼다. 채경의 말만이 아니라 소희도 경험한 바다.

소희가 다른 반인 재서를 알게 된 건 동아리 교실에서였다. 전학 와서 동아리를 선택해야 했을 때 채경이 강력하게 자기가 든 영화 감상부를 추천했다.

"우리 부는 그냥 영화만 보면 돼. 영화 보다가 자도 잔 사람 손해라고 암말 안 해. 그리고 영화관에도 간다."

소희는 동아리에서까지 낯선 아이들을 대하는 게 부담스러워 채경의 말을 따랐다. 첫 동아리 시간에 소희는 채경과 함께 영화 감상부 교실로 갔다. 뒷문으로 들어가려는데 웬 남자애가 소희를 툭 치고 갔다. 그 서슬에 앞으로 고꾸라질 뻔했던 소희는 채경이 잡아 준 덕분에 간신히 바로 섰다. 소희는 복도에서 엎어질 뻔하게 해 놓고 뒤도 돌아보지 않는 그 아이의 뒷모습을 노려보았다.

"왕싸가지잖아. 야!"

채경이 아는 아이인지 그 애를 향해 소리쳤다. 하지만 남자애는 뒷자리 아무 데나 털썩 앉더니 곧바로 책상 위에 엎드렸다. 소희는 기분 나빴지만 고의는 아닐 테니 아량을 베풀자고 마음먹었다.

"뭐 저딴 게 다 있어."

채경은 소희의 만류에도 불구하고 흥분해서 남자애를 쫓아갔다. 소희는 채경이 그 애와 싸울까 봐 걱정돼 따라갔다.

"야, 이재서. 일어나 봐."

채경이 어깨를 쿡쿡 찌르자 고개를 든 얼굴에 귀찮은 표정이 역력했다. 소희와 마주친 재서의 눈이 크게 열렸다가 잠시 흔들리는 듯했다. 소희는 그 눈빛을 보는 순간 이유 없이, 정말 아무 이유 없이 가슴이 쿵 내려앉았다. 하지만 재서는 곧 무표정한 얼굴로 이어폰을 빼며 무슨 일이냐고 물었다.

"야, 너는 사람을 치고 갔으면 미안한 줄 알아야 할 거 아니야!"

재서는 영문을 모르겠다는 표정으로 채경과 소희를 바라보았다.

"장채경, 그만해."

소희가 작은 목소리로 말하며 채경의 옷깃을 잡아끌었다. 하지만 채경은 소희의 손을 떨치며 목소리를 높였다.

"니가 치고 지나가서 얘가 복도에서 엎어질 뻔했잖아."

소희는 그 말에 재서가 복도에서 엎어진 자기 모습을 상상할까 봐 창피했다.

"그만하라니까."

소희가 좀 더 강한 어조로 말렸다.

"그랬냐? 미안하다."

재서는 소희를 힐끗 쳐다보며 건성으로 말하곤 다시 이어폰을 귀에 가져갔다. 채경을 말리던 소희는 예의 같은 건 눈곱만큼도 없는 태도에 슬그머니 화가 났다. 이런 아이와는 상종을 하지 않는 게 상책이다. 재서의 눈빛에 가슴이 내려앉았던 것도 기분 나빠졌다. 채경도 어이가 없는지 정색을 하며 말했다.

"이재서, 너 내가 누군지는 아니?"

"장채경이잖아."

재서가 머뭇거리는 기색 없이 대꾸했다.

"그래도 같은 부라고 이름을 기억하네. 영광이다, 야."

채경이 빈정거렸다.

"영광씩은, 이름표 보고 말한 건데. 용건 끝났으면 이제 좀 가 줄래."

재서는 더는 상대하지 않겠다는 듯 이어폰을 꽂았다. 자존심이 상한 소희는 채경을 이끌고 재서 앞을 떠났다.

"아휴, 저 왕싸가지!"

채경이 분을 참지 못하며 발을 굴렀다.

"원래 저런 애야?"

적당한 자리에 앉으며 소희가 물었다.

"수아 선배가 그러는데 옛날에도 저랬대."

"수아 선배?"

"응, 저기 저 언니. 이재서, 학년은 같지만 우리보다 한 살 많아. 1학년 마치고 어학연수 다녀와서 1년 꿇었다나 봐."

"선밴데 이름 막 불러도 돼?"

"1학년 때부터 우리 학교 다녔으면 몰라도 어학연수 갔다 와서 전학 온 거라는데 선배는 무슨. 암튼 초딩 때 같은 반이었던 애가 수아 선배 친구라는데 그때도 엄청 싸가지 없었대. 세월이 흘러도 인간이 변하는 게 없어요."

"그러게 개 꼬리 3년 묵어도 황모 안 된다잖아."

소희의 맞장구에 채경이 '이건 또 무슨 소리야?' 하는 표정을 지었다. 속담의 뜻을 모르는 모양이었다. 소희는 설명해 줄까 하다가 잘난 척하는 것 같아서 그만두었다.

"암튼 지네가 잘살면 얼마나 잘산다고 사람을 개무시야. 완전 밥맛이야."

채경의 말에 소희는 슬쩍 뒤를 돌아다보았다. 재서는 이어폰으로 세상과 차단한 채 혼자인 듯한 얼굴로 앉아 있었다.

소희는 그 뒤 복도에서, 운동장에서, 학교 근처에서 재서를 보았다. 전학을 온 탓에 아는 남자애가 거의 없어서인지 자주 눈에 띄었다. 눈이 마주친 적도 있었지만 재서는 소희를 기억하지 못하는 것 같았다. 아는 여자애들이 많아서 알아보지 못하는 건가. 아무리 그래도 동아리 첫날 그런 일도 있고, 그날 자기소개도 했는데 전혀 기억하지 못하는 재서에게 소희는 슬슬 오기가 생겼다.

소희는 먼저 아는 척을 해 보려고 재서 곁에 다가섰다. 기척을 느낀 재서가 소희 쪽을 돌아다보았다. 눈이 마주쳤지만 소희가 뭐라고 할 틈도 주지 않고 재서는 고개를 돌려 버렸다. 그러곤 막 초록불로 바뀐 횡단보도를 성큼성큼 건너기 시작했다. 소희는 재서가 자신을 알면서도 모르는 척, 무시하는 거라는 확신이 들었다.

"왕싸가지!"

채경이 재서를 두고 했던 말이 소희 입에서도 나왔다.

채경

교문을 통과한 소희는 자기도 모르게 아이들 틈에서 재서를 찾고 있었다. 주머니에 손을 넣은 채 걷고 있는 재서의 뒷모습이 눈에 들어왔다. 자꾸 그 애에게 신경이 쓰이는 게 마주칠 때마다 무시를 당해서라고 소희는 생각했다.

그때 소희를 부르는 채경의 목소리가 운동장에 울려 퍼졌다. 주위에 있던 아이들이 모두 돌아다볼 정도로 큰 목소리였다. 그 아이들 중에는 재서도 끼어 있었다. 멈춰 서 기다리던 소희는 채경이 숨을 헉헉거리며 가까이 오자,

"창피하게 왜 그렇게 크게 불러."

하고 핀잔을 주었다.

"몇 번이나 불러도 못 알아들으니까 그렇지. 너 기가 깜지

다 써 왔어?"

채경이 여전히 큰 소리로 물었다. 소희는 얼굴이 화끈거렸다. 지난 기술가정 시간에 채경이 자꾸 말을 시키는 바람에 선생님한테 걸려 깜지 써 오는 벌을 받았다. 연습장 열 쪽에 빈틈없이 빽빽하게 교과서 내용을 정리하는 것이다. 그게 무슨 자랑이라고 큰 소리로 떠드는지, 소희는 재서의 이어폰이 채경의 목소리도 막아 주었기를 바랐다. 재서 같은 애한테 깜지 벌이나 받는 아이로 보이고 싶지 않았다.

"남들 듣겠다. 좀 조용히 말해."

"들으면 뭐 어때서! 깜지 한 번 안 써 본 애 있음 나와 보라고 해."

채경은 속을 뒤집어서 햇볕에 널어놓은 것처럼 감정을 감추거나 속이는 게 없었다. 그래서 때로는 철이 없거나 푼수 같아 보이기도 하지만 소희는 그런 채경이 좋았다. 돌이켜 보면 자신은 늘 나이에 비해 조숙하고 생각이 깊은 아이라고 칭찬받으며 살아왔다. 소희는 칭찬 들을 때마다 느꼈던 기쁨에 곰팡이가 피고 있음을 알아차리지 못했다. 본능적으로, 자기감정에 충실하고 솔직한 친구를 찾아내 어설프게나마 그 애를 흉내 내며 눅눅한 마음에 햇볕을 쬐고 있음도 알지 못했다. 달밭마을에선 미르가 그런 친구였고 지금은 채경이다.

"근데 난 아직 다섯 장밖에 못 썼어."

채경의 표정 역시 순간순간 변하는 기분을 그대로 복사했다. 소희는 학교와 집에서 바꿔 쓰는 가면 두 개로 살아가고 있는 자신이 싫기도 하고 안됐기도 했다.

"둘째 시간이 기간데 어쩌려고. 다 안 해 오면 두 배로 늘어난댔잖아."

"걱정 마셔. 내가 깜지의 여왕인 거 너 모르지? 볼펜 세 개 묶어 가지고 쓰면 돼. 너도 다 못 했으면 내가 해 줄게."

"아이고, 아홉 살 먹은 애 시집보내느니 내가 대신 가고 말지. 난 다 해 왔으니까 걱정 마."

소희는 그동안 자기 잘못으로 벌을 받아 본 적이 거의 없었다. 책상도 따로 없던 작은집에서도 숙제 한 번 빠트리지 않았고, 학원이나 과외 대신 학교에서 지원해 준 인터넷 강의로 반에서 상위권 성적을 유지했다.

"범생이라 다르네. 근데 너도 할머니랑 같이 살아?"

갑작스러운 채경의 질문에 소희는 가슴이 철렁 내려앉았다. 어떻게 알았지? 어디까지 아는 걸까.

"그, 그건 왜?"

소희는 자기도 모르게 더듬거렸다.

"너 가끔 할머니처럼 말하잖아. 지난번에 개 꼬리 어쩌고 하더니 좀 전엔 누구 시집보내느니 대신 간다, 했잖아. 그런 말 우리 할머니가 나 갈굴 때마다 쓰는 레퍼토리거든."

채경은 맞벌이하는 부모님 대신 할머니가 키워 주었다고 했다.

"저번 설 때 큰엄마가 우리 엄마한테, 그동안 할머니 부려 먹었으니까 돌아가실 때까지 우리 집에서 모시랬대. 할머니가 큰집으로 가면 언니랑 방도 따로 쓰고 잔소리도 안 듣는 건데, 완전 짜증 나."

채경은 자기가 질문을 했다는 사실도 잊고 계속 재잘거렸지만 소희 귀에는 들리지 않았다. 아기 때부터 할머니와 단둘이만 살다 보니 말투나 생각 같은 것들이 자연스레 할머니를 닮았다. 달밭마을 어른들이나 작은엄마도 자신을 애어른 같다고 했다. 소희도 그 말이 칭찬만은 아니라는 걸 알았다.

소희는 앞으로 채경에게 의심 사지 않게 말이나 행동을 조심해야 한다고 스스로에게 주의를 주었다. 전 학교에서 있었던 일을 또다시 겪고 싶지 않았다.

거짓말

1학년 때 소희는 짝에게 작은집에서 살며 방이 따로 없다는 걸 밝혔다. 같은 아파트 단지에 사는 아이였는데 소희네 집에서 함께 숙제를 하고 싶다고 해 하는 수 없이 이야기했다. 엄마 아빠가 없는 거나, 작은집에 와서 살게 된 게 자기 잘못은 아니므로 소희는 그 때문에 자신에 대한 평가나 태도가 달라지리라고 생각하지 않았다.

하지만 짝은 다른 아이들에게도 사정을 알려 소희를 특별히 배려해 줘야 하는 아이로 만들었다. 소희는 똑똑하고 생각이 깊고 성실한 아이에서 부모 없는 아이로 바뀌었다. 간혹 미용실 바닥을 청소하거나 빨래 건조대에 수건을 널다가 자기 엄마와 함께 온 반 아이를 맞닥뜨리기도 했다. 엄마가 운영하는 미용실이라고 하면 효녀라고 칭찬받을 일이, 작은 엄마 미용실이라고 하자 불쌍한 아이로 비쳤다.

그런 처지에 성적이 좋은 소희를 몇몇 아이들이 시기하기 시작했고, 이런저런 지원 대상자가 된 다음부터는 더 많은 아이들이 동정이든 무시든 전과 다른 눈길을 보냈다.

소희를 명품 브랜드 따위에는 초연한 부잣집 딸인 줄 알고 있는 채경 역시 속속들이 알고 나면 어떻게 변할지 몰랐다. 부러워했던 것까지 보태 소희를 무시할 수도 있다. 소희는 심호흡을 한 뒤 말했다.

"맞아. 나도 우리 할머니한테 들은 말이야."

"그렇지? 그럼 너도 할머니하고 같이 살아?"

채경이 반색을 했다.

"아니. 우리 할머닌 지금 외국, 고모네 집에 가 계셔."

소희는 무덤 속에 누워 있는 할머니 대신 한 번도 본 적 없는 우진의 할머니 이야기를 했다. 우진의 할머니면 내 할머니이기도 하니까 틀린 말은 아니야. 소희는 자신에게 변명했다.

"외국 어디?"

"프, 프랑스 니스."

그것도 맞는 이야기였다. 우진의 고모는 프랑스로 유학

갔다가 그 나라 남자와 결혼했다고 한다. 딸네 집에 놀러 가곤 했던 할머니는 몇 년 전부터 아예 눌러 살고 있다고 했다. 어쩌다 들은 얘긴데 제때에 떠올라 주었다.

"와, 좋겠다. 너도 그럼 프랑스에 가 봤어?"

예상치 못한 질문이었다. 그런데 소희 입에서 자기도 모르게 "응."이란 대답이 나왔다. 프랑스 여행은커녕 비행기도 한 번 못 타 본 소희는 채경이 니스라는 곳에 대해 계속 질문할까 봐 조마조마했다.

"진짜 부럽다! 난 6학년 겨울 방학 때 태국 가 본 게 전분데. 프랑스 갔을 때 다른 나라는 안 가 봤어? 유럽은 다 붙어 있잖아."

니스보다 더 곤혹스러운 질문이었다. 소희는 등으로 땀이 흐르고 심장이 뛰었다.

"너희들, 지각 5분 전인데 얼른 안 들어가고 뭐 해?"

교무실에서 나오는 담임 선생님이 구세주 같았다.

"아 참, 나 빨리 가서 깜지 써야 돼. 으, 완전 짜증 나."

채경이 소희에 대한 모든 관심을 거두고 걸음을 빨리했다. 소희는 채경 몰래 안도의 숨을 내쉬었지만 마음은 철판을 얹은 듯 무겁고 답답했다.

니스

"누나."

우진이 소희의 방문을 열고 얼굴을 빼꼼히 들이밀었다. 소희의 사나운 눈초리와 마주친 우진은 "아 참." 하며 도로 문을 닫더니 노크를 했다. 그러곤 대답할 새도 주지 않고 다시 문을 열고는 말했다.

"누나, 나 누나 방에서 숙제해도 돼?"

소희는 무심결에 웃음이 배어 나와 얼른 표정을 고쳤다. 고모가 말한 자기 귀여움은 자기가 받는 거라는 말뜻을 알 것 같았다. 천진한 우진은 우혁에 대한 반감 때문에 닫아건 소희의 마음을 때때로 무장 해제시키곤 했다.

엄마는 아저씨와 부부 동반 골프 모임에 나가 늦게 돌아

온다고 했다. 엄마와 아저씨는 사이좋은 부부답게 동반 외출이 잦았다. 국제 중학교 입학을 목표로 하고 있다는 우혁은 학원에 있는 시간이 소희보다 더 길었다. 아마 오늘도 엄마가 귀갓길에 데리고 올 거다. 도우미 아주머니도 돌아가고 집에는 소희와 우진 둘뿐이다.

넓은 집에 둘만 있는 건 처음이다. 아무리 보안 장치가 돼 있다고 해도 무서워 우진이라도 곁에 있는 게 나았다. 그래서야. 우진이 귀여워서가 아니야. 소희가 이 집에서 감정을 표출할 수 있는 상대는 우진뿐이다.

"들어와."

소희 말에 우진이 신이 난 얼굴로 들어왔다.

"얌전히 여기에만 있어. 말썽 부리면 니 방으로 쫓을 거야."

소희는 부러 더 무뚝뚝하게 말하며 책상 위에 있던 노트북을 집어 들었다. 책상을 내주고 침대 머릿장에 기대앉은 소희는 우진을 보며 망설이다 물었다.

"정우진, 너 외국 여행 가 본 적 있어?"

우진은 말이 다 끝나기도 전에 의자를 뱅그르르 소희 쪽으로 돌렸다. 의자가 높은 탓에 다리가 공중에서 달랑거리는 게 귀여웠다.

"응, 디즈니랜드에 갔었어."

"미국에 있는 거?"

"아니, 일본에 있는 거. 누나도 가 봤어?"

천진난만한 우진의 얼굴을 보자 가슴 밑바닥에서 무언가 끓어오르는 것 같았다.

"또 어디 갔었는데?"

소희는 우진의 질문을 묵살하며 물었다.

"음……, 하와이하고 발리. 발리 우경 형네 리조트에서 수영도 하고 랍스터도 먹었다."

"우경이가 누군데?"

"사촌 형이잖아."

"너 큰아빠도 있어?"

"큰아빠는 우리 아빤데. 우경 형네 아빠는 작은아빠고. 누나는 그것도 몰라?"

우진이 웃으며 말했다.

"내가 그걸 어떻게 알아?"

소희는 쏘아붙였다.

"참, 호주도 가 봤어. 거기서 캥거루 공원에 갔었다. 열기구도 타 봤고."

나보다 반밖에 안 살았는데 많이도 가 봤네. 소희는 엄마가 같은데도 자신과 달리 온갖 걸 누리며 살아온 우진을 미워해야 할지, 자기 또한 그런 생활 속으로 들어왔음을 기뻐해야 할지 혼란스러웠다. 당장은 자랑을 해 대는 우진이 얄미워 방에서 내쫓고 싶었지만 아직 알고 싶은 걸 물어보지 못했다. 소희는 본론을 꺼냈다.

"너 니네 고모네 집에 가 봤어? 프랑스."

"응. 그때 할머니 생일 때 고모네 집에서 파티했어."

"사진 있어?"

"엄마 방 컴퓨터에 있는데. 엄마한테 본다고 전화할까?"

소희는 말도 끝나기 전에 의자에서 내려서려는 우진을 황급히 제지했다.

"됐어. 그때 다른 나라는 안 가고 고모네만 갔어?"

"음, 형 초등학교 졸업하면 또 다른 나라도 간댔어. 그때 누나도 같이 갈 거지?"

우진이 해맑은 얼굴로 소희를 바라보았다.

소희는 '니네 고모네를 내가 왜 가?' 하려다, 채경에게 이미 갔다 왔다고 한 게 떠올라 꿀꺽 삼켰다. 삼킨 말이 돌덩이처럼 가슴에 얹혔다.

"얼른 숙제하고 니 방으로 가."

소희는 공연히 우진에게 화를 냈다.

"누나가 먼저 말 시켰잖아."

우진은 입을 쑤욱 내민 채 다시 돌아앉아 숙제를 하기 시작했다.

소희는 인터넷에서 '니스'를 검색해 보았다. 많은 사진과 함께 니스에 대한 설명이 나왔다. 소희는 시험공부 하듯 그 내용을 읽었다.

> 프랑스 프로방스 알프코트다쥐르주 알프마리팀 데파르트망의 수도. 모나코 공국 및 이탈리아에서 가까운 지중해의 항만 도시로 리비에라 혹은 코트다쥐르라고도 불리는 지중해 연안에 있다.…… 별장, 호텔, 정원, 산책지, 카지노 등 위락 시설이 정비되어 있고, 인접한 모나코, 칸과 더불어 각종 행사도 많다. 아름다운 자연 덕택에 많은 화가들의 별장이 있었던 니스에는 마티스 미술관과 샤갈 미술관이 있어서 예술 작품을 감상하기에도 안성맞춤이다.

마티스 미술관과 샤갈 미술관을 검색하는데 채경으로부터 메시지가 왔다. 소희는 자기 행동을 들키기라도 한 듯 깜짝 놀랐다.

어쨌거나 열다섯 살

- 모해? 통화 가능?

- ㄴㄴ 동생이랑 있어

- ㅠㅠ 너 동아리 부부장 어떻게 생각해?

- 박지훈 선배? 왜?

- 너한테 관심 있는 듯

소희는 심장이 쿵 하고 떨어졌다.

- 부장 선배랑 사귀잖아

- 나도 그런 줄 알았는데… 암튼 너한테 관심 있나 봐

만일 그렇다면 감상문 때문일 거라고 소희는 생각했다. 지난 동아리 시간, 영화 감상부 부부장인 지훈이 그날 본 영화 감상문을 영감부 카페에 올리라고 했다. 잘 쓴 글은 연말에 내는 학교 문집 동아리 코너에 싣는다고 했다. 성적에 반영되는 게 아니어선지 마감까지 글을 올린 부원은 소희와 1학년 아이 한 명뿐이었다.

이유가 뭐든 훈훈한 외모에 친절한 지훈이 자신에게 관심이 있다니 좋았다. 그런 남친이 있다면 좋을 것 같다. 하지만 지훈은 송정연 부장과 사귄다고 한다. 별명이 일송정인 부장은 푸르른 소나무 같은 기개로 남자 부원들까지 휘어잡았다. 소희는 들뜨려는 마음을 눌렀다.

- 무슨 근거로?

- 학원 차에서 자꾸 니 얘기 물어봄 ㅋㅋ

- 무슨 얘기?

- 어디 사나, 뭐 조아하나 그런 거…

여친도 있으면서 그런 걸 왜 묻지?

- 그래서 뭐라고 했어?

- 너 사는 동네랑 책 읽는 거 좋아한다고 알려 줬어
- 그랬더니 머래?
- 너도 관심 있구낭ㅋㅋㅋ
- 머라냐고 ㅠㅠ
- 내가 막 너한테 관심 있냐고 찔렀더니 막 당황해서 자기랑 너랑 영화 취향이 비슷한 거 같다나…

둘러댄 걸 수도 있는 그 말이 부풀어 오르던 소희의 가슴에 구멍을 냈다. 소희는 취향을 말할 만큼 영화에 대해 아는 게 없었다. 그동안 본 영화도 손으로 꼽을 정도였다. 영화 감상문도 남들이 안 쓰는 줄 알았으면 올리지 않았을 거다.

- 내가 너네 이어 줄까?
- 됐어… 부장 선배랑 사귄다며
- 하긴 임자 있는데 건드렸다간 클나겠지? 임자도 보통 임자냐. 그나저나 나두 연애하고 싶당 ㅠㅠ

소희는 임자라는 말에 속이 알싸해져 채경에게로 관심을 돌렸다.

- 좋아하는 사람 있어?

- 있음 벌써 들이댔지 이러고 있겠냐 ㅠㅠ

- ㅎㅎ 숙제나 하셔. 나도 영어 과제 할 거야

- 그래야짐 ㅠㅠ 불쌍한 내 청춘ㅋㅋㅋ 빠잇~

- ㅋㅋㅋ 홧팅~

채팅을 끝낸 소희는 자기를 빤히 바라보고 있는 우진과 눈이 마주쳤다.

"뭘 봐."

소희가 퉁명스레 말했다.

"누나, 웃으니까 예쁘다."

"내가 언제 웃었다고 그래."

"쫌 전에 웃었어, 살짝. 화내면 미우니까 웃어. 알았지?"

우진의 당부에 소희는 그만 피식 웃고 말았다.

익명의 자유

소희는 영화 감상부 카페에 링크돼 있는 영화 관련 카페들을 살펴보았다. 그중 '블루스크린'이 회원 수가 제일 많고 읽을거리도 많았다. 지훈이 자신과 영화 취향이 같다고 했다는 말을 듣자 창피당하지 않으려면 영화 상식을 쌓아야 한다는 생각이 들었다.

소희는 블루스크린에 가입했다. 수천 명이 되는 회원 틈에 숨으면 영화에 무지함을 들키지 않을 수 있을 것 같았다. 카페에는 예닐곱 명의 회원이 들어와 있었다. 실명을 확인할 수는 없지만 그중에 지훈이 있을지도 모른다. 그 생각을 하자 소희는 지훈이 온라인 카페가 아니라 실제로 어디에선가 자신을 지켜보는 진짜 카페에 들어온 기분이 됐다.

소희는 시험공부 하듯 영화 리뷰들을 읽었다. 영화에 대한 지식이 너무 없으니 리뷰를 읽어도 무슨 소린지 알기 힘들었다. 특히 영화 용어 같은 것들이 나오면 더 어려웠다. 일일이 검색을 해 가며 읽으려니 진도가 나가지 않았다. 회원들의 글 중에서 '디졸브'라는 회원이 쓴 글이 그나마 이해하기 쉬웠다. 소희는 망설이다가 그 사람에게 중학생이 볼만한 영화를 소개해 달라는 쪽지를 보냈다. 그 영화들을 보면 지훈과 이야기가 좀 통할 거다.

그날 밤늦게 디졸브로부터 답장이 왔다.

영화를 얼마나 보셨는지 정보가 없어서 옛날 영화 위주로 씁니다.

〈인생은 아름다워〉〈피아니스트〉〈말아톤〉〈트루먼쇼〉〈죽은 시인의 사회〉〈천국의 아이들〉〈내 마음속의 풍금〉〈빅피쉬〉〈굿윌 헌팅〉〈빌리 엘리어트〉〈포레스트 검프〉

디졸브가 소개해 준 영화 중에서 소희가 본 거라곤 6학년 때 학교에서 본 〈천국의 아이들〉뿐이다. 고맙다는 답장을 쓰려는데 디졸브가 카페에 들어와 있는 게 보였다. 소희는 잠시 망설이다 대화를 요청했다. 알아 놓으면 영화 상식을 넓히는 데 도움이 될 것 같았다. 상대를 알 수 없다는 게 용기를 주었다.

대화창이 떴다. 소희는 '안냐세요? 답장 고마워여.' 하고 썼다. 메시지나 채팅할 때 맞춤법을 꼬박꼬박 맞춰 쓰다 채경에게 여러 번 놀림을 당했다. 그런데 디졸브 쪽에서 대화 요청을 수락하지 않았다. 좀 기다리다 무안해서 나가려는데 디졸브가 답을 했다.

디졸브 : 뭘요. 도움이 되길 바라요

하늘말나리 : 앞으로 영화에 대해 궁금한 거 물어봐도 되염?

디졸브 : ㅇㅋ요. 근데 하늘말나리가 뭐예요?

소희가 닉네임으로 쓰는 '하늘말나리'는 바우가 소희를 닮았다고 했던 꽃 이름이다.

하늘말나리 : 꽃 이름이에여

디졸브 : 꽃이요? 처음 들어 봐요

하늘말나리 : 일반 나리꽃은 땅을 보고 피는데 하늘말나리는 하늘을 보고 피는 꽃이래여

소희는 바우에게 들었던 대로 설명했다. 인터넷에서 찾아 보기도 했다. 자기를 닮았다고 하자 특별한 꽃 같았다.

디졸브 : 아~ 되게 귀한 꽃인가 봐요

하늘말나리 : ㄴㄴ 달밭마을 산에 가면 많아요

디졸브 : 달밭마을? 거기가 어딘데요?

소희는 아차 싶었지만 곧 마음을 가라앉혔다. 회원 수가 몇천 명인 카페에서 30명에 불과한 영화 감상부원을 만나는 게 더 어려운 일일 거다. 영화 감상부 부원이라고 해도 내가 누군지 모를 거야. 영화 감상부에 적어 낸 메일 아이디와 닉네임을 다르게 하길 잘했다.

하늘말나리 : 전에 살던 마을이에여. 디졸브님 닉네임은 'dissolve' 예여? 녹다, 용해되다 그런 거요

소희는 디졸브의 닉네임으로 화제를 바꿨다. 마침 오늘 공부한 영어 독해에 나온 단어였다.

디졸브 : ㅋㅋ 맞아요. 그런데 영화 용어이기도 해요

하늘말나리 : 그래요? 무슨 뜻인데여?

디졸브 : 시간의 경과를 알려 주는 기법을 디졸브 기법이라고 해요. 영화에서 화면이 어두워졌다 밝아지면서 시간이 지난 장면이 나오는 거 있잖아요. 그런 게 디졸브 기법이에요

하늘말나리 : 아… 글쿠나. 근데 영화에 대해 잘 아시나 봐여

디졸브 : 잘 안다기보다 관심이 많은 거죠

하늘말나리 : 네에~ 저는 사실 영화를 너무 몰라서 상식을 넓힐까 하고 카페에 들어왔어요. 뭐 하나 더 물어봐도 돼요?

디졸브 : 물론요

하늘말나리 : 좀 전에 리뷰에서 '클리셰'라는 단어를 봤는데 그건 정확하게 무슨 뜻이에요?

디졸브 : 음, 뻔하고 진부하다… 뭐 그런 의미예요. 영화 보면 진부한 장면이나 상투적인 내용, 전형적인 수법 같은 것들이 나오잖아요. 그런 걸 말하는 거예요

둘은 한참 동안 대화를 했다. 소희는 인터넷에서 모르는 사람과 채팅을 해 보는 게 처음이었다. 사촌 동생들이 게임 때문에 날마다 싸워 대는 컴퓨터로는 숙제도 제대로 하기 어려웠다. 디졸브와의 대화는 꽤 재미있었다. 금세 영화 상식이 느는 것 같았다. 소희는 디졸브가 몇 살인지－채팅할

때 맞춤법을 딱딱 맞춰서 쓰는 걸 보면 청소년은 아닌 것 같다–여자인지 남자인지, 뭐 하는 사람인지 상관없는 게 좋았다. 집에서도 학교에서도 솔직하게 살지 못하고 있는 소희는 익명 뒤에 숨어서 오래간만에 자유를 느꼈다.

반짝이는 비밀

중간고사를 며칠 앞둔 밤 지훈으로부터 메시지가 왔다.

- 시험공부 잘돼 감?

소희는 가슴이 뛰었다.

- 그럭저럭이요

소희는 엄마와 함께 살면서는 처음인 시험을 그 어느 때보다 잘 보고 싶었다.

- 선배는요?

- 나도 열공 중 너 담주 금욜 영화 보고 나서 뭐 할 거야?

그건 왜 묻지? 소희는 가슴이 콩닥거렸다. 중간고사가 끝난 다음 날인 이번 동아리 시간에는 극장으로 영화를 보러 가기로 했다. 영화는 단체 대화방에서 다수결로 정했다. 유명한 애니메이션 3편이었다. 소희는 인터넷에서 1편을 구매해 보았다.

- 채경이랑 서점에 가기로 했는데…

- 그래? ㅠㅠ

소희는 얼른 글을 이어 썼다.

- 완전히 결정된 건 아니에요. 근데 왜요?

- 맛있는 거 사 주려고

- ????

천장에 닿을 만큼 솟구치는 기쁨을 부장 선배 얼굴이 눌러 버렸다.

- 잠깐 통화 가능해?

소희가 네, 라고 쓰기 무섭게 휴대폰 진동음이 울렸다. 전화를 받은 소희에게 지훈이 물었다.

"너 남친 있어?"

"아, 아뇨."

"우리 사귈래?"

부드럽고 친절한 지훈이 이런 직진남일 줄은 몰랐다. 더 멋있어 보였다. 소희의 가슴은 걷잡을 수 없이 쿵쾅거렸다.

"부장 언니랑 사귀는 거 아니었어요?"

소희는 겨우 물었다.

"부장? 설마 송정연? 누가 그래?"

"그렇게 소문났던데요."

지훈이 뿜듯이 웃었다. 한참 뒤에야 여전히 웃음기가 가득 밴 목소리로 말했다.

"걔, 먼 친척이야."

"친척이요?"

"그래. 7촌인가 그렇다는데, 아줌마뻘이야."

"아…… 줌마요?"

"그래. 근데 이거 비밀이야. 송정연이 알면 나 죽는다. 송정연 성질 알지?"

"네."

지훈이 영화 보고 나서 다른 아이들 몰래 만날 장소를 말해 주었다. 소희와 지훈은 다 같이 점심을 먹거나 뒤풀이를 한다고 해도 핑계를 대 빠져나오기로 했다.

비밀이 또 생겼다. 하지만 이번 비밀은 그동안 소희를 불안하고 무겁게 하던 것과는 달리 둥둥 떠오르게 하고, 자꾸 웃게 만들었다. 환하고 반짝거리는 비밀을 여기저기 소문내고 싶었다. 소희는 채경에게 당장 말하고 싶은 걸 꾹 참고 시험공부를 했다. 하지만 반짝거리는 비밀이 소희 마음을 자꾸 다른 곳으로 불러냈다. 그래도 하필 시험을 앞두고 고백한 지훈이 원망스럽지는 않았다. 망설이고 망설이다 더 늦기 전에 용기를 냈을 테니까.

로그아웃

공부에 집중이 되지 않아 소희는 아래층으로 내려갔다. 엄마가 거실에서 드라마를 보고 있었다. 부풀어 오른 마음을 누구에게라도 털어놓고 싶었다. 실은 난생처음 고백받은 걸 엄마에게 말해 주고 싶었다. 멋있고 세련된 엄마에게 처음 데이트를 하는 소녀가 갖춰야 할 태도나 옷차림을 묻고 싶었다. 소희가 거실을 서성거리자 엄마가 필요한 게 있냐고 물었다.

"주스 마시려고요. 제가 찾아서 마실 테니 티브이 보세요."

소희는 그렇게 말하면서도 엄마가 자기를 만류하며 일어서기를 기대했다. 하지만 엄마는 고개를 끄덕이고 다시 TV를 보았다.

소희는 주스 컵을 들고 방으로 돌아와 마음을 다잡고 공부를 시작했다. 자기 실력을 아직 모르는 아저씨, 국제중 준비생인 우혁, 그리고 딸에게 드라마만큼도 관심 없어 보이는 엄마에게 당당히 성적표를 내놓고 싶었다.

얼마 뒤에 노크 소리가 들렸다. 간식을 든 엄마였다. 마음이 스르르 풀린 소희는 엄마에게 지훈 이야기를 어떻게 꺼낼까 궁리했다. 간식을 먹으며 자연스럽게 하는 게 좋겠지.

'엄마, 저 동아리 선배한테 고백받았어요.'

'엄마, 저 시험 끝나고 동아리 선배랑 데이트해요.'

'처음 데이트하는데 어떻게 해야 할까요?'

소희의 마음속에 대사들이 떠올랐다. 엄마는 어떤 반응을 보일까? 엄마가 가까이 오자 소희의 심장 박동이 빨라졌다. 엄마가 쟁반에 놓인 과일 접시 두 개 중에서 한 개를 책상 위에 내려놓았다. 한 개는 우혁 것이다. 그 방에 가는 길에 잠시 들른 것뿐이야. 소희 마음이 가라앉았다.

"조금만 더 하다 자."

우혁에게 공부하라고 늘 닦달하는 엄마가 소희에게는 조금만 하다 자라고 했다.

엄마가 방을 나간 뒤 소희는 문 쪽으로 쫓아가 귀를 기울이며 시계를 보았다. 엄마가 우혁의 방에서는 얼마나 있을

지 알고 싶었다. 엄마는 10분이나 있었다. 10시간처럼 길게 느껴지는 10분이었다.

엄마가 나오는 소리를 듣고서야 책상으로 돌아온 소희는 키위를 포크로 콕 찍어 입으로 가져갔다. 하지만 키위는 입에 들어오기 전에 미끄러져 책상 위로 떨어졌다. 이번엔 엄마에 대한 감정들이 끓어올라 시험공부에 집중할 수가 없었다. 일어나서 방안을 서성거리던 소희는 다시 책상 앞에 앉아 문제집을 보았다. 하지만 곧 책을 밀쳐 내며 기출 문제지를 다운받느라 켜 놓은 노트북을 끌어당겼다. 그러곤 즐겨찾기에서 블루스크린을 클릭했다.

디졸브가 들어와 있었다. 그사이 둘은 여러 번 채팅을 했다. 소희는 얼른 카페를 나왔다. 디졸브와 대화를 나누다간 현재의 마음을 털어놓게 될 것만 같았다. 모르는 사람이라고 해도, 영원히 만나지 않을 사람이라고 해도 다 이야기하고 싶지는 않았다.

하지만 소희는 다시 카페로 들어갔다. 디졸브가 말을 걸어왔다.

디졸브 : 시험공부 많이 했어요?

하늘말나리 : 아뇨 ㅠㅠ

디졸브 : 왜요?

하늘말나리 : 공부할 기분이 아니에요

디졸브 : 무슨 일 있어요?

소희가 머뭇거리자 디졸브가 다시 물어 왔다. "무슨 일 있어요?" 순간, 소희는 목구멍을 막고 있던 무엇인가가 툭 떨어져 나가는 걸 느꼈다. 소희는 마음속에서 들끓는 말을 자판으로 두드렸다.

하늘말나리 : 엄마가 날 왜 이 집에 데리고 왔는지 모르겠어요

하늘말나리 : 아저씨보다 엄마가 새엄마 같아요

하늘말나리 : 엄마와 가까워졌다는 기분이 조금도 들지 않아요

엄마에게 지금 하고 싶은 말을 디졸브에게 쏟아 놓고 엔터 키를 치는 순간, 소희는 후회했다. 다시는 카페에 들어오지 않으리라 생각하며 인사도 하지 않고 로그아웃을 해 버렸다.

플래시백

시험이 끝났다. 소희는 막판에 공부를 제대로 하지 못했지만 평소 수업 시간에 열심히 한 데다 시험 기간에 몰입을 한 덕분에 점수가 웬만큼 나왔다. 학원까지 다닌 걸 생각하면 만족할 만한 점수는 아니지만 전학 와서 본 첫 시험으로는 창피하지 않을 만했다. 채경은 1학기 기말 성적보다 평균이 5점이나 떨어졌다며 울상이었다.

"짜증 나. 성적 떨어지면 용돈도 줄인댔는데."

"이번 시험 어려웠잖아. 그러니까 평균은 떨어졌어도 등수는 안 떨어졌을 거야."

평균 93점을 맞아 반 5등 안에 들 게 확실한 소희는 채경을 위로하면서도 마음은 내일 있을 지훈과의 데이트 생각으로 가득했다. 극장에는 사복을 입고 와도 된다고 했다. 소희의 가장 큰 관심은 내일 입을 옷이었다.

그날 밤 소희는 거울 앞에서 한참 동안 이 옷, 저 옷 입어 본 끝에 엄마가 얼마 전에 사 준 원피스로 정했다. 그 위에 니트 카디건을 걸치기로 하고 크로스백과 운동화를 골라 두었다. 준비를 마치자 디졸브 기법을 써서 극장 앞에 있고 싶었다. 그러자 디졸브에게 앞뒤 없이 말을 쏟아 놓고는 로그아웃을 해 버린 일이 또 떠올랐다. 그 생각만 하면 디졸브가 앞에 있는 듯 얼굴이 화끈거렸다.

소희는 고개를 흔들었다. 몰라, 이제 카페에 안 들어가면 돼. 들어가더라도 숨기를 해 놓으면 된다. 소희는 애써 마음을 가라앉혔다. 그동안 소희는 원할 때면 언제든지 디졸브와 대화를 나눌 수 있었다. 그날도 디졸브에게 목까지 차오른 말을 토해 낸 덕분에 시험공부에 집중할 수 있었다. 디졸브와 다시는 대화를 나누지 못한다고 생각하자 친한 친구를 잃은 듯 허전해졌다.

소희는 플래시백 기법을 써서 디졸브에게 그 이야기를 하기 전으로 돌아가고 싶었다.

새아빠

영화를 보기로 한 극장은 시내에 있는 큰 쇼핑몰 안에 있었다. 집에서 가려면 큰길까지 내려가 마을버스를 탄 다음 지하철로 갈아타야 했다. 우혁과 우진이 등교할 때 함께 가기에는 시간이 일렀다.

"제가 알아서 갈게요."

소희와 엄마가 나누는 이야기를 들은 아저씨가 지하철역까지 태워다 주겠다고 했다.

"내가 조금 일찍 나가면 되지 뭐. 정류장까지 걸어 내려가야 하잖아."

평소 소희들보다 늦게 집을 나서는 아저씨가 말했다.

"그럴 거 없어요. 소희 혼자 가도 돼요. 그럴 수 있지?"

엄마가 아저씨에게 말하며 소희를 바라보았다. 아저씨와 단둘이 차를 타는 게 부담스러운 소희는 얼른 고개를 끄덕였다.

"소희한테 점수 딸 수 있는 좋은 기횐데 왜 막는 거야. 소희야, 내 차 타고 가자."

아저씨가 소희에게 한쪽 눈을 찡긋했다. 당황스러워 고개를 숙인 게 대답이 됐다.

소희는 아저씨 차에 탔다. 아저씨와 단둘이 있는 건 엄마와 살게 된 지 두 달여 만에 처음이다. 너무 어색해 숨도 잘 안 쉬어질 정도였다.

"차 안에 냄새가 좀 나지? 차 바꾼 지 두 달이 넘었는데 아직도 가죽 냄새가 안 가시네."

아저씨가 차창을 조금 열었다. 불편했던 이유는 달랐지만 바깥바람과 소음이 들어오니 조금 나은 것 같았다.

"어느 극장이냐? 이왕 탔으니 극장 앞까지 가지, 뭐."

아저씨의 말에 소희는 깜짝 놀라 손까지 저어 가며 거절했다.

"아, 아니에요. 친구를 지하철역에서 만나기로 했어요."

채경과 만나서 함께 지하철을 타고 극장까지 가기로 했다.

"그럼 그 친구도 같이 가면 되지."

아저씨는 뭐든 어려운 게 없었다.

"아니에요. 친구가 불편해할 거예요."

채경은 좋아할 거다. 하지만 소희가 불편했다. 하고 싶은 말은 다 하는 채경이 아저씨한테 무슨 질문을 할지 몰랐고, 무엇보다 소희는 아직 '아빠'라는 소리가 나오지 않았다. 누가 봐도 어색할 아저씨와의 사이를 채경에게 보일 수는 없었다.

"그런가? 그럼 지하철역에서 내려 주마."

소희는 더는 고집을 부리지 않는 아저씨가 고마울 지경이었다. 잠시 침묵이 흘렀다. 비 온 뒤의 진흙 길처럼 마음에 쩍쩍 달라붙는 침묵이었다.

"갑자기 낯선 환경에 적응하려니 많이 힘들지?"

운전을 하던 아저씨가 침묵을 깨며 물었다. 소희는 그렇다고 하자니 아저씨한테 미안하고, 아니라고 하는 건 입에 발린 소리 같아 머뭇거렸다.

"우혁이 누나 있는 거 너도 알지?"

"네."

"리나를 못 본 지 5년이 됐어. 너 보면 리나를 보는 거 같아. 리나가 떠날 때 열다섯 살이었으니 지금 네 나이하고 같잖아. 그렇다고 네가 리나 대신이란 말은 아니니까 오해 말

아라. 나는 네가 우진 엄마 딸이니 당연히 내 딸이라고 생각해. 금방 친부녀처럼 되기는 쉽지 않겠지만 우리 서로 노력하자."

아저씨 말에서 진심이 느껴졌다. 따지고 보면 소희가 누리고 있는 이 모든 건 아저씨 덕분이다. 아저씨가 허락하지 않았으면 엄마도 소희를 데려오지 못했을 거다. 할머니가 늘 사람은 고마움을 알아야 한다고 했는데, 소희는 부족한 게 없어 보이는 아저씨에게 그 고마움을 어떻게 표현해야 할지 알 수 없었다.

소희는 채경이 자기 아빠한테 전화로 어리광 부리던 걸 떠올렸다. 허허허, 웃는 채경 아빠 목소리가 옆에서도 다 들렸다. 채경이 하는 10분의 1만이라도 따라할 수 있으면 좋겠지만 엄마한테도 안 되는 걸 아저씨에게 하기는 더더욱 어려웠다. 소희는 붙임성 없는 자기 성격을 아쉬워하며 작은 목소리로 겨우 "네." 하고 대답했다.

"소희는 나중에 커서 뭐가 되고 싶은가?"

정말 궁금한 건지, 아니면 대화를 잇기 위해서인지 아저씨가 물었다. 엄마도 아직 하지 않은 질문이었다. 소희는 어려서부터 자신의 현재에 관심을 갖는 사람들보다 미래를 물어보는 사람들이 더 좋았다. 그 질문 자체가 소희에게 환한 미래가 있음을 인정하는 것 같았기 때문이다.

달밭마을에 살던 소희는 '작가'라는 꿈이 이루어질 걸 의심하지 않았다. 학교에서 책을 가장 많이 읽는 아이이고, 다른 아이들이 그렇게 싫어하는 일기를 날마다 두 군데나 썼으며, 학교 대표로 백일장에 나가 상을 탄 적도 많았다. 하지만 작은집에 사는 동안 소희는 시간이 없어 책도 별로 읽지 못했고, 일기 쓰기도 그만두었다. 갑자기 소희는 꿈꾸는 대로 이루어질 수 있다고 순진하게 믿었던 어린 시절에 대한 그리움이 밀려와 코끝이 매웠다.

"아직 없으면 천천히 정해도 돼."

아저씨가 말했다.

"작가요."

소희는 아저씨가 꿈도 없는 아이라고 여길까 봐 얼른 말했다.

"작가? 책 좋아한다더니 그렇구나. 작가 좋지. 그런데 책상머리에 앉아서 글만 쓰는 거 좀 답답하지 않나. 글 속에서 남 시켜서 하는 것보다 직접 해 보는 게 좋잖아. 세상엔 즐겁고 신나는 일이 정말 많은데."

아저씨의 말에 소희는 잠시 당황했다. 작가라는 직업을 두고 그렇게 말하는 어른은 처음이다. 학교 선생님들은 소희에게 재능이 있다고 했고, 살아온 삶을 책으로 쓰면 열 권도 넘을 거라던 할머니는 당신의 이야기를 대신 써 달라고 했고, 작은엄마는 대박 나는 드라마 같은 걸 써서 돈을 많이 벌라고 했고, 작은아빠는 노벨 문학상을 타서 가문을 빛내라고 했다. 잘 알든 모르든 작가라는 직업을 대단하게 여기고 있는 것만은 분명했다.

아저씨는 실언을 했다고 생각했는지 소희 쪽을 힐끗 보며 말했다.

"작가가 나쁘다는 소리는 아니고 기왕이면 더 즐겁고 신나는 일을 하면서 사는 게 좋다는 거지. 작가는 그러고 나서 해도 되는 거잖아. 앞으로 해 보고 싶은 거 있으면 무엇이든지 말해. 내가 힘껏 밀어줄 테니까."

소희는 자기도 모르게 '우진이랑 우혁이처럼요?'라는 말이 나오려는 걸 꿀꺽 삼켰다. 바이올린과 수영, 피아노와 검도를 배우고 방학 때마다 외국 여행을 가는 우진과 우혁이 많이 부러웠다. 채경에게 했던 거짓말을 진짜로 만들고 싶었다.

"고맙습니다."

소희는 아저씨 쪽을 향해 고개를 꾸벅 숙였다.

"그냥 하는 소리 아니니까 언제든지 말해. 참, 이번 시험 잘 봤다면서? 전학 오자마자 기특하네."

어제 엄마에게 평균 점수만 말했을 뿐이다. 소희는 엄마가 아저씨한테 시험을 잘 봤다고 이야기한 게 좋기도 하고, 정작 자기한테는 칭찬 한마디 해 주지 않은 게 서운하기도 했다.

"아직 성적표도 안 나온걸요."

소희는 겸손한 목소리로 말했다. 하지만 속으로는 5등 안에 들 게 확실한 점수와 앞으로 더 올릴 성적을 생각했다.

"시험 잘 본 상 줄 테니까 갖고 싶은 거 있으면 이야기해."

소희는 그동안 학교 외에서는 시험 잘 봤다고 상 같은 걸 받아 본 적이 없었다. 할머니는 그런 걸 잘 몰랐고, 작은집에서는 기대조차 하지 않았다. 소희는 당첨된 복권으로 행운상까지 받는 기분이었다.

"고맙습니다."

"빈말 아니니까 잘 생각해 보고 꼭 말해. 알았지?"

"네."

소희는 아저씨와의 시간이 엄마와 있을 때보다 더 편한 느낌이 들었다. 설마, 하고 싶은 걸 밀어준다거나 선물을 사 준다고 해서는 아니겠지? 물론 아니다. 엄마는 이미 많은 걸 사 주었다.

소희는 곧 그 이유를 찾았다. 엄마와 있으면 더 다정한 말투, 관심, 특별한 애정 같은 것들을 끊임없이 바라게 됐고, 그 기대에 비해 엄마가 주는 것들은 언제나 성에 차지 않았다. 그 때문에 엄마와 함께 있으면 계속해서 감정을 소모하게 되고, 그만큼 상처받았다. 아저씨한테는 바라는 게 없어서 편한 건지도 몰랐다.

산소 통장

지하철역 앞에서 차를 세운 아저씨가 지갑에서 돈을 꺼내 소희에게 주었다. 5만 원짜리였다.

“더 많이 주고 싶은데 지갑에 이것밖에 없네.”

아저씨가 아쉬운 듯 말했지만 소희에겐 아주 큰돈이었다.

“엄마한테 용돈 받는데요.”

“돈 쓸 일이 얼마나 많을 땐데 그래. 이건 내가 주는 거니까 친구들하고 맛있는 것도 사 먹고 해.”

소희는 돈을 받았다.

필요한 건 엄마가 모두 사 주기 때문에 따로 돈 쓸 일이 많지 않았다. 그리고 별다른 노력 없이 때가 되면 용돈을 받는 일에 이유 모를 죄책감이 들어 쉽게 쓰기가 주저됐다. 소희는 용돈을 학교 근처에 있는 우체국 통장에 저금하고 있었다. 달밭마을에 살 때 만든, 작은아빠가 생활비를 보내 주던 그 통장이었다.

할머니는 작은아빠가 보내오는 돈은 모아 두었다 소희의 학비로 써야 한다며 생활비는 품 일을 다녀 번 돈으로 썼다. 하지만 할머니가 아픈 다음부터는 돈이 들어오기 무섭게 찾아 쓰기 바빴다. 용돈을 저금하러 우체국에 가면 잔고가 줄어들 때마다 산소가 줄어드는 듯 가슴이 답답해지던 그때 기억이 떠올랐다. 이상한 건 지금은 잔고가 늘고 있는데도 산소가 충분하다는 느낌이 들지 않는다.

니트 카디건

떠나는 차를 지켜보고 있는 소희의 귀에 채경의 목소리가 들려왔다.

"너희 엄마 차 아닌데, 아빠 차야? 대박이다!"

채경은 차에 대해서도 아는지 호들갑을 떨었다.

"엄마는 동생들 학교에 데려다주러 가셨거든."

소희는 멀어져 가는 아저씨의 차를 배경으로 말했다. 줄어드는 통장 잔고에 마음도 졸아붙던 윤소희는 기억 너머로 사라졌다.

"너는 전생에 나라라도 구한 거냐? 부모 잘 만나, 공부 잘해, 외모 받쳐 줘, 남친 생겨……."

채경이 농담 반 진담 반으로 말했다. 소희는 며칠 전 채경에게 지훈한테 고백받은 이야기를 했다. 오늘 둘이 빠져나오려면 채경의 도움이 필요했다.

"아직 남친 아니야. 오늘 만나 본 다음에 결정할 거야."

소희는 무엇보다 자기 옷차림에 대한 채경의 평이 궁금했다. 그런데 채경은 지하철을 타고 나서도 소희 옷 이야기는 하지 않았다. 보자마자 머리에서부터 발끝까지 스캔을 끝냈을 텐데 아무 코멘트가 없으니 신경이 쓰였다. 지훈보다 채경에게 먼저 예쁘다는 말을 듣고 싶었다.

"이 카디건 어때?"

소희는 기다리다 못해 먼저 말을 꺼냈다.

"예쁘네."

채경이 소희를 한 번 힐끗 보더니 마지못한 듯 말했다. 소희가 원하던 반응이 아니었다. 보통 때의 채경이라면 소희를 보는 순간 브랜드 이름을 줄줄이 말하며 호들갑을 떨어야 했다. 아저씨 차 때문에 관심이 바뀐 건가.

"이 카디건, 니스에 계시는 할머니가 보내 주신 거야."

소희는 채경의 주의를 끌기 위해 거짓말을 했다.

"으응."

이번에도 반응이 미적지근했다.

소희는 실망과 더불어 기분마저 살짝 나빠져 잠시 캄캄한 지하철 차창을 바라보았다. 검은 차창에 소희와 채경의 얼굴이 얼핏 드러났다 사라졌다. 소희는 채경이 그러는 이유를 알 것 같았다. 오늘은 그만 부러워하고 싶은 거다.

채경은 그동안 소희의 모든 것을 너무 많이 부러워해 왔다. 여중생 열 명 중 여덟아홉 명이 하고 있는 스타일을 그대로 따라 하고 나온 채경은 지금 마지막 자존심을 지키려는 거다. 슬쩍 보니 소희 짐작이 맞는 듯 생각이 많은 표정이었다. 담아 둘 새 없이 생각을 곧바로 입으로 내뱉는 채경에게서 보기 힘든 모습이었다. 소희는 채경을 이해하기로 했다. 부러움의 표출이나 칭찬은 상대방에 대한 자신감이 먼지만큼이라도 있어야 할 수 있다. 소희는 앞으로 채경을 좀 더 배려해야겠다고 마음먹었다.

둘은 지하철에서 내려 극장이 있는 건물로 연결된 에스컬레이터를 타러 갔다. 갑자기 채경이 멈춰 서더니 무언가 결심한 듯한 얼굴로 소희를 보았다. 소희가 긴장해서 마주 보자 잠시 머뭇거리던 채경이 입을 열었다.

"내가 너 첫 데이트라서 기분 잡칠까 봐 말 안 할라 그랬는데 답답해서 그냥 말해야겠다."

그 말을 들으니 어떤 폭탄 발언이 이어질지 몰라 소희는 더 긴장이 됐다. 혹시 친구 그만하자고 하면 어쩌지. 그럼 뭐라고 하지.

"너 사복은 좀 아닌 것 같다. 원피스에 카디건이 뭐냐. 우리 엄마 고딩 때 사진에서 튀어나온 것 같잖아. 신발이랑 깔맞춤한 것도 쫌 그래."

그 말을 하고 난 채경은 비로소 생각 없이 해맑은 평소의 얼굴로 돌아갔다. 하지만 소희는 무엇인가가 껍질만 남겨 놓고 쑤욱 빠지는 듯한 느낌을 받았다. 그것은 유명 브랜드와 거짓 니스 표 옷에 감춰져 있던 촌스러운 자신의 실체였다. 껍질이 달아난 온몸이 찜통 속에라도 빠진 듯 화끈거렸다. 채경은 직설적인 지적이 마음에 걸렸는지 처방까지 내렸다.

"니가 사복도 엄마가 사다 바치는 것만 입는 공주님인 건 알겠는데, 앞으로는 엄마한테 돈으로 달라 그래. 누가 이 나이에 엄마가 사다 주는 옷을 입냐? 너 지금 입은 옷값이면 요새 유행하는 예쁜 옷들 수십 벌은 살 수 있을 거야."

소희는 쓴웃음을 지었다. 채경이 알고 있는 자신과 실제의 자신 사이에 놓인 거리 때문이었다. 채경의 말대로 소희는 자기 손으로 옷을 사 본 적이 없다. 초등학생 때는 할머니가 장에서 사다 주거나 고모와 작은엄마가 명절 때 사다 주는 옷을 입었고, 작은집에 살 때는 친구들과 어울려 돌아다닐 일도 없었기에 집에서 입는 트레이닝복이면 족했다.

소희는 그동안 떼 지어 몰려다니는 아이들과 자신은 다르다고 여겨 왔다. 그런 아이들과 어울려 돌아다니고 싶지 않았고, 유행 따위를 따르기도 싫다고 생각해 왔다. 하지만 소희는 자신이, 동경이나 욕망 자체를 느끼지 못했던 게 아니라 가질 수 없는 것에 대해서 무관심으로 자존심을 지켜 왔음을 깨달았다. 가장했던 무관심은 살얼음처럼 얄팍해서 채경의 말 몇 마디에 파삭하고 깨져 버렸다. 소희는 간신히 표정 관리를 하며 말했다.

"쇼핑하는 거 귀찮아서 엄마한테 맡겼었는데, 앞으로는 그래야겠네."

"언제든지 말만 해. 괜찮은 인터넷 쇼핑몰도 알려 주고 옷 사러도 같이 가 줄게."

채경이 시원시원하게 대꾸했다.

극장까지 가는 동안 소희는 곁눈질로 또래 아이들의 옷차림을 살펴보았다. 자기처럼 원피스에 카디건을 걸친 아이는 한 명도, 단 한 명도 보이지 않았다. 채경 말대로 소희의 차림새는 직장 다니는 언니나 이모 옷을 빌려 입고 나온 것 같았다. 엄마도 요즘 중학생들의 유행은 몰랐나 보다. 그저 값비싼 옷이면 된다고 생각한 모양이다. 물론 엄마는 그 옷값을 빛에서 차감했을 테고.

채경이 지적한 옷차림 때문에 자신감이 사그라든 소희는 더 당당한 표정을 지으려 애쓰며 극장으로 갔다. 매표소 로비엔 지도 선생님이 이미 와 있었고 부원들도 모여드는 중이었다. 지훈을 찾아 저절로 움직이던 소희의 눈이 재서를 먼저 발견했다. 볼 때마다 없는 사람 취급을 하던 재서의 시선이 잠시 소희에게 붙박였다. 이번에는 소희가 재서를 무시하는 얼굴로 고개를 돌려 버렸다. 그동안 당한 걸 갚아 준 것 같아 속이 시원했다.

먼저 와 있을 줄 알았는데 지훈은 아직 보이지 않았다. 소희는 지훈이 마치 데이트 약속에 늦는 것인 양 서운했다. 총무가 미리 예매한 푯값을 걷었다.

“영화비 내가 내 줄게. 아빠한테 보너스 받았거든.”

소희는 채경한테 말하며 얼른 돈을 냈다. 그렇게라도 사정없이 구겨진 자존심을 회복하고 싶었다.

“정말? 고마웡. 담에 나도 쏠게.”

콧소리를 내며 소희의 팔짱을 끼던 채경이 작은 목소리로 덧붙였다.

“지훈 선배 저기 온다.”

소희 눈에도 두리번거리며 오는 지훈이 들어왔다. 자신을 찾고 있는 게 분명한 지훈에게 손이라도 들어 주고 싶었지만 다른 아이들 눈이 있어 그럴 수 없었다. 지훈에게 관심을 가진 여자아이들은 꽤 있었다. 채경이 말하길 그 아이들도 지훈과 부장이 사귄다는 소문 때문에 선뜻 나서지 못하는 거라고 했다.

"너, 애들 앞에서 티내면 안 돼. 잘못하다 따 당한다."

채경이 일러 주었다. 소희도 관심이나 질시의 대상이 되고 싶지 않았다.

지훈은 대부분의 남자아이들처럼 청바지에 가벼운 점퍼 차림이었다. 자신의 차림새를 보고 이상하다고 생각할까 봐 걱정하던 소희는 지훈의 표정을 보자 마음이 놓였다. 분명히 지훈은 소희에게 눈을 떼지 못한 채 다가오고 있었다. 남자아이들과 함께 있으면서도 지훈은 계속 소희를 훔쳐보았다. 그 눈길에 기분이 좀 나아졌다.

부장이 여느 때처럼 넘치는 카리스마로 지휘했지만 소희는 정연이 지훈의 친척 아줌마라는 말이 생각나 자꾸 웃음이 나왔다. 지훈도 같은 생각을 했는지 소희를 보며 웃었다. 아이들 틈에서 둘만이 통하는 눈짓이나 웃음을 주고받는 게 짜릿했다.

시간이 돼 상영관 안으로 들어간 뒤 각자 받은 표의 좌석

번호는 무시한 채 여자애들은 앞줄에, 남자애들은 뒷줄에 앉았다. 소희는 지훈이 어디에 앉을까, 계속 신경이 쓰였다. 잠시 뒤 누가 소희의 의자 등받이를 툭 쳤다. 돌아다보니 바로 뒤에 지훈이 앉아 있었다. 그 자리에 앉느라 남모르게 신경전을 벌였을 거다. 다른 아이들이 눈치채지 못하게 살짝 고개를 끄덕인 뒤 몸을 앞으로 돌리던 소희는 지훈의 옆 옆자리에 앉아 있는 재서와 눈이 마주쳤다. 소희는 얼른 자세를 바로 하며 광고가 이어지고 있는 화면을 바라보았다.

불이 꺼지고 영화가 시작됐다. 소희는 영화를 보면서도 계속 지훈을 의식했다. 비록 나란히 앉은 건 아니지만 지훈과 같은 공간에서 같은 영화를 보며 같은 장면에서 함께 웃는 게 영화 보는 재미를 몇 배 키워 주었다.

와플을 먹는 시간

영화가 끝난 뒤 다행히 단체 뒤풀이는 하지 않기로 했다. 아이들은 친구끼리 각각 흩어졌다. 소희는 지훈을 만나기 위해 채경과 헤어졌다. 채경은 가윤을 포함한 몇몇이서 쇼핑몰 구경을 다닐 거라고 했다. 채경과 가윤은 소희가 전학 오기 전까지 동아리에서 가장 친한 사이였다고 한다. 소희가 둘 사이를 떼어 놓은 셈이다.

소희는 가윤이 자신을 별로 좋아하지 않는다는 걸 그 애의 시선이나 말투에서 느끼고 있었다. 소희는 채경이 가윤과 팔짱을 끼고 멀어지는 걸 물끄러미 보았다. 곧 지훈과 만날 거면서도 채경이 사라지자 허전한 느낌이 들었다. 그 감정은 잠시 뒤 지훈과 마주하자 자취도 없이 사라져 버렸다.

아이들 틈에서는 서로 눈을 맞추지 못해 안달이었는데 막상 단둘이 되자 소희와 지훈은 눈 둘 곳을 찾지 못해 쩔쩔맸다.

"영화 재미있었어?"

지훈이 먼저 입을 열었다. 선배라서 그런지 같은 학년 남자아이들보다 어른스러운 것 같았다.

'재서도 한 살 더 많다고 했는데. 그 애는 어떨까?'

지훈과 있으면서 재서 생각을 하는 게 미안해진 소희는 얼른 그 얼굴을 지워 버렸다.

"네. 1편보다는 못하지만 그래도 재미있었어요."

"원작보다 재미있는 속편은 드문 것 같아. 다음에는 네가 골라."

지훈이 말했다.

"단체로 가는데 어떻게 내가 골라요?"

소희 물음에 지훈은 잠시 당황했다.

"어……, 내 말은 다음에 둘이서 영화 보러 가자고."

지훈의 얼굴이 붉었다. 이런 멍청이, 또 만나자는 이야기도 알아듣지 못하고. 소희는 얼굴이 달아오르면서도 비죽이 새어 나오는 웃음을 참지 못했다.

둘은 건물을 나와 방향도 정하지 않은 채 노란 은행잎이 눈처럼 흩날리는 가로수 길을 걸었다. 발밑에는 은행잎이 두툼하게 깔려 있었다. 연애나 사랑을 다룬 많은 책에 나오듯이, 지훈과 함께인 소희는 구름 위를 걷는 듯한 기분이 들었다. 다른 건 하나도 생각나지 않았다. 아니, 다른 건 아무래도 상관없었다. 한참을 걸었는데도 발이 아픈 것도 배가 고픈 것도 느껴지지 않았다. 지훈이 하는 이야기라면 아무리 시시한 이야기도 재미있고 의미 있게 여겨졌다.

"와플 좋아해?"

지훈이 물었다. 둘 앞에 간판도 인테리어도 예쁜 와플 가게가 있었다. 소희가 고개를 끄덕이자 지훈이 가게 문을 열었다. 딸그랑딸그랑, 예쁜 종소리와 함께 달콤하고 향긋한 냄새가 둘을 에워쌌다. 지훈과 함께라면 언제까지나 향긋하고 달콤한 시간이 이어질 것 같았다.

부재중 전화

“안녕히 가세요. ……오빠.”

호칭도 바꾸고 말도 놓기로 했지만 아직 어색했다. 지훈이 오빠란 말에 흐뭇한 얼굴을 했다.

“저녁때 메시지 하자. 안녕!”

소희를 집 근처까지 바래다준 지훈이 손을 흔들며 뒷걸음질 쳤다. 지는 햇빛에 그 얼굴이 붉게 물들어 있었다. 지훈과 함께 있는 시간은 너무 빨리 지나갔다. 소희는 지훈이 모퉁이를 돌아 사라진 다음 집을 향해 걷기 시작했다. 저절로 노래가 흥얼거려졌다.

집 앞까지 갔을 때 차고에서 엄마 차가 나왔다. 엄마가 소희를 보곤 차창을 열었다. 우혁과 우진이 뒷자리에 타고 있었다. 잔뜩 굳은 엄마의 표정에 소희는 혹시 지훈과 함께 있던 걸 들켰나 싶어 가슴이 내려앉았다.

"너 도대체 왜 그렇게 통화가 안 되는 거야?"

엄마가 화난 목소리로 말했다. 엄마가 소희에게 화내는 건 처음이었다.

"무, 무음으로 해 놓아서……. 무슨 일 있어요?"

소희는 당황해서 말을 더듬거렸다.

"누나, 얼른 타. 우리 우경 형네 만나러 가는 거야."

우진이 창문을 열고 말했다. 발리에 산다는 사촌 이름이 우경이라고 했던 것 같다. 소희는 엄마 얼굴을 바라보았다. 그동안 우진네 집안 모임에 간 적은 한 번도 없었다.

"우진이 작은집 식구들이 한국에 들어와서 같이 저녁 먹기로 했어. 얼른 타."

엄마가 말했다.

"저…… 도요?"

소희가 놀라 물었다.

"그래. 늦었으니 어서 타."

"저, 그냥 집에 있으면 안 돼요?"

소희는 불편할 게 뻔할 자리에 가느니 지훈과 메시지나 하고 싶었다. 엄마도 자신을 데려가는 게 불편할 거다.

"우, 아빠가 너 꼭 데리고 나오랬어."

그 말은 아저씨 때문에 어쩔 수 없다는 소리로 들렸다. 소희는 게임기만 들여다보고 있는 우혁을 슬쩍 보곤 앞 좌석 문을 열었다. 집 앞에서 소희를 만날 줄 모르고 뒷자리에 탔을 거다. 약 오를 우혁을 생각하니 고소했다.

"아침에…… 그런 말씀 안 하시던데."

소희는 엄마가 우진 아빠라고 하려다 그냥 아빠라고 한 것처럼 아이들 앞에서 차마 아저씨라고 하지 못해 호칭을 빼고 말했다.

"예정에 없이 온 거라 약속도 갑자기 잡힌 거야. 작은집 식구들이 너 보고 싶다고도 하고."

소희는 관람객들이 기다리고 있는 우리로 향하는 원숭이가 된 기분이었다. 정말 가고 싶지 않았지만 아침에 태워다 주면서 아저씨가 했던 말들이 떠올라 꾹 참았다. 진정한 가족이 되기 위해선 싫은 절차들도 거쳐야 하는 법이니까.

얼마 뒤 소희는 버스 정류장으로 걸어가고 있는 지훈을 보았다. 가슴이 쿵쾅거렸다. 차 소리에 비켜서며 돌아다보던 지훈과 눈이 마주쳤다. 소희는 눈인사를 할 새도 없이 스쳐 간 지훈이 점점 멀어져 가는 모습을 사이드 미러로 보았다.

소희는 휴대폰을 꺼냈다. 엄마로부터 부재중 전화가 다섯

통이나 와 있었다. 지훈과 노느라 까맣게 몰랐다. 소희는 엄마가 그렇게 자신을 찾았다는 사실이 기뻤다.

소희는 지훈에게 메시지를 보냈다.

- 갑자기 가족 모임이 생겨서 나가. 집에 가면 연락할게

- ㅇㅇ 차에 탄 거 봤어. 잘 다녀와

대화

아저씨 식당의 룸에는 이미 우진네 작은집 식구들이 와 있었다. 작은아빠 엄마, 그리고 소희 또래쯤 돼 보이는 남자 아이가 우경인 모양이다. 버젓이 귀고리를 한 거나 머리 모양새가 한눈에도 한국 중학생 같아 보이지 않았다.

어른들끼리 안부를 주고받고, 아이들끼리 떠들썩한 인사를 나누는 동안 소희는 보따리처럼 한옆에 우두커니 앉아 있었다. 잠시 뒤 원숭이가 될 걸 생각하면 차라리 그게 나은 것 같았다.

"참, 이제 우리 딸을 소개해야지. 소희야, 작은아빠하고 숙모께 인사드려라."

아저씨 말에 소희는 엉거주춤 일어나 고개를 숙였다.

"우리 가족이 된 걸 환영한다. 형님, 부러워요. 이렇게 예쁜 딸이 또 생기고."

우진의 작은아빠가 말했다.

"내가 복이 많아. 우리 소희, 착하고 공부도 잘해."

아저씨는 정말 자랑스러워하는 기색이었다. 소희도 조금은 당당한 기분이 되었다.

"소희야, 반가워. 엄마 많이 닮았다."

우진의 숙모가 웃으며 말했다. 소희는 엄마를 바라보았다. 표정이 살짝 굳어 있었다. 소희를 처음 소개하는 자리인 만큼 긴장한 것 같았다.

어른들은 우경의 한국 나이, 만 나이를 가지고 잠시 따져 본 다음 소희가 누나라는 결론을 내렸다. 우진네 작은집 사람들은 호들갑을 떨거나 지나친 배려로 불편하게 만들지 않으면서 소희를 인정하고 받아들여 주었다. 소희는 그들이 필요 이상의 관심이나 호기심을 보이지 않는 게 마음에 들었다. 정작 속내를 들여다보면 아직 엄마와도 어색했고 우혁과도 불편한 사이지만 아저씨와 한 가족이 된 게 만족스러웠다. 이 세계에 어울리는 사람이 되고 싶은 소희는 허리를 꼿꼿하게 편 채 우아한 자세로 밥을 먹었다.

"우경이는 지난겨울보다 훨씬 컸네. 우성이도 잘 지내지?"

엄마가 화제를 바꾸었다.

"말도 마세요. 성적이 바닥이라 대학이 걱정이에요. 참, 리나는 학교 어떻대요?"

숙모가 아저씨와 엄마를 바라보며 물었다. 소희는 아저씨 딸이 캘리포니아에 있는 미술 대학에 들어간 걸 알고 있었다. 인터넷에서 찾아보니 월트 디즈니 형제가 설립한 유명한 학교였다.

"학교 동네가 너무 심심하대."

엄마가 웃으며 대답했다.

"하하, 리나답네요. 거기서 웬만큼 하면 졸업 전에 디즈니 회사에서 데려간다면서요. 형님네는 애들이 다 잘해서 좋겠어요."

숙모가 휴대폰을 들여다보고 있는 우경을 힐끗 보며 부러운 얼굴을 했다.

"연락은 자주 와요?"

작은아빠가 물었다.

"가끔. 참, 낮에 통화했는데 이번 크리스마스 때 한국에 오겠대. 다시는 안 올 것처럼 하고 가더니 그래도 집이 그리운 모양이야."

아저씨 목소리에서 설렘이 느껴졌지만 소희는 방금 삼킨

고기 조각이 목에 걸리는 것 같았다. 리나는 소희가 쓰고 있는 방의 주인이다. 주인이 오면 방을 내주어야 할 거다. 혹시 그동안 작은집에 가 있으라고 하면 어떻게 하지. 소희는 가족의 일원에서 한순간에 객식구로 밀려난 것 같았다. 어쩌면 가족의 일원이라는 생각도 착각인지 몰랐다.

그때 영어가 들려왔다. 그쪽을 쳐다보니 우경이 소희를 바라보고 있었다. 소희도 어리둥절한 얼굴로 마주 보았다. 우경이 뭐라고 하는데 하나도 알아듣지 못했다. 좀 전에 보니 한국말을 알아듣는 것 같던데 왜 영어로 떠들어 대는지 알 수 없었다.

아저씨가 공부를 잘한다고 자랑해서 테스트해 보려는 걸 수도 있다. 소희는 입뿐만 아니라 머릿속도 얼어붙는 것 같았다.

"한국 중학교에서는 무슨 과목들 배우냐고 묻잖아. 그것도 몰라?"

우혁이 옆에서 작지만 통명스러운 목소리로 말했다. 우혁도 알아듣는 말을 소희는 못 알아들은 거다. 그래도 알려 준 건 고마웠다. 소희는 어설픈 발음으로 대답하고 싶지 않아 우리말로 과목들을 말했다.

우혁이 우경 못지않게 유창한 영어로 소희 말을 통역해

주었다. 소희는 우경이 한국말을 알아듣는데 괜히 나서서 잘난 척하는 우혁이 못마땅했다. 우혁이 소희 쪽을 힐끗 바라보며 무어라고 하자 우경이 더는 질문을 잇지 않았다.

"우경이 형은 한국말 잘 못해."

우진이 소희에게 작은 소리로 말했다.

영어 유치원을 나오고 학교에서도 원어민 수업을 한다는 우진도 우혁과 우경의 대화에 끼어들었다. 소희는 이번 중간고사에서 영어를 두 문제밖에 틀리지 않았지만 그 애들이 하는 말을 거의 알아듣지 못했다.

소희는 어른들 대화에도 끼지 못하고 아이들과도 어울릴 수 없었다. 동물원 원숭이가 될까 봐 걱정했는데 여전히 보따리인 채로 앉아 있었다. 이제 그게 더 낫다는 생각은 들지 않았다. 그때 채경으로부터 메시지가 왔다.

- 아직도 지훈 선배랑 있음?

- 아니, 가족하고 외식 중

- 그럼 메시지 못 해?

- 괜찮아. 발리에서 온 작은집이랑 식사 중. 지루해 ㅠㅠ

- 데이트 재밌었어?

- 잠깐만… 금방 전화할게~

탁자 아래에서 채경과 메시지를 주고받던 소희는 화장실을 핑계로 룸에서 나왔다. 화장실에 가서 전화를 하자 채경은 벨이 채 한 번도 울리기 전에 받았다. 소희는 데이트 내용을 둘만의 기억 속에 고이 간직하고 싶은 마음 반, 미주알고주알 자랑하고 싶은 마음 반이었다.

"소희야, 있지 나 뭐 하고 놀았게?"

전화가 연결되자마자 채경은 소희의 데이트가 아니라 자기 이야기를 꺼냈다. 아이들과 장난치며 멀어지던 채경의 뒷모습이 떠올랐다.

"뭐 했는데?"

윈도쇼핑을 하며 돌아다니는 모습을 상상하는데 채경이 잔뜩 들뜬 목소리로 말했다.

"우리, 남자애들하고 놀았다."

"남자애들? 누구?"

지훈과 단둘이 데이트를 한 소희는 떼 지어 놀았다는 게 시시했지만 예의상 물었다.

"가윤이하고 준영이 사귄대. 그거 알고 애들이 준영이를 불렀는데 같이 있던 애들을 데리고 왔어. 그래서 다 같이 논 거야."

소희는 평범해서 잘 기억나지 않는 준영을 떠올렸다. 그러자 별일도 아닌 걸 가지고 호들갑을 떠는 채경에게 지훈과의 데이트를 자랑하고 싶은 의욕이 솟구쳤다. 소희가 입을 열려는 순간 채경이 생뚱맞은 목소리로 말했다.

"소희야, 나 어떻게 해?"

"뭘?"

"나, 좋아하는 애 생겼어."

채경의 목소리에서 떨림과 흥분이 고스란히 느껴졌다. 단순한 남자애들이 아니었다. 그래서 그렇게 야단을 떨었던 거다. 그 기분을 너무나도 잘 알고 있는 소희는 채경을 진심으로 축하해 주고 싶었다. 채경에게도 남자 친구가 생기면 이야기가 더 잘 통할 것 같았다.

"누구? 누군데?"

"너도 아는 애야."

채경이 뜸을 들였다.

'나도 아는 애?'

소희의 가슴 밑바닥이 살짝 흔들렸다.

"누군데?"

"이재서."

흔들리던 자리가 쩍 하고 갈라지는 것 같았다. 소희는 허둥지둥 그 자리를 덮으며 과장된 목소리로 말했다.

"뭐? 너, 너 어떻게 된 거 아니야? 너 맨날 개한테 왕싸가지라고 했잖아!"

그래서라고, 친구가 걱정돼서 그런 거라고 소희는 스스로에게 말했다. 채경이 평소답지 않게 쑥스러워하며 말했다.

"사실 나, 1학기 때부터 재서 좋아했었거든. 그런데 평판이 안 좋아서 마음 접었던 건데, 오늘 준영이랑 같이 오는 걸 보니까 갑자기 가슴이 막 뛰는 거야. 그때 깨달은 거지. 내가 실은 재서를……,"

"어, 우리 엄마가 찾는다. 이따 밤에 메시지 하자."

소희는 채경의 말을 끊었다. 가족들이 신경 쓰기 전에 자리로 돌아갈 시간이 돼서만은 아니었다. 소희는 그 이유를 깊게 생각하지 않기로 했다.

페이드아웃

선생님이 중간고사 성적 꼬리표를 나눠 주었다. 가채점 점수표로 오류가 있으면 이의를 신청하기 위한 거였다.

"이상이 있는 사람은 종례 뒤에 교무실로 와요."

선생님의 말을 들으며 꼬리표에 적힌 점수를 본 소희는 눈을 의심했다. 다른 과목들은 채점한 것과 다르지 않았는데 한 문제만 틀린 줄 알았던 사회가 51점이었다. 무슨 착오가 생긴 모양이었다. 소희는 종례를 마친 뒤 선생님을 따라 교무실로 내려갔다.

답안지를 보기까지 소희는 꼬리표가 잘못됐을 거라고 굳게 확신하고 있었다. 하지만 답안지 점수도 꼬리표대로 51점이었다. 남의 답안지가 잘못 끼어든 것처럼 믿기지 않았지만 소희 게 맞았다. 중간 부분부터 답을 밀려서 썼다. 그 바람에 평균 점수가 5점도 더 떨어졌다. 이런 어이없는 실수를 하다니, 다리에서 힘이 쫙 빠져나갔다. 주저앉아 울고 싶었다.

"그러게 끝까지 집중을 해야지 이렇게 어이없는 실수를 하면 어떻게 해."

선생님의 나무람에 소희는 죽을힘을 다해 울음을 참았다. 실수해 놓고 찔찔 짜는 모습까지 보이고 싶지 않았다. 교무실을 나오니 채경이 기다리고 있었다.

"어떻게 된 거래? 채점이 잘못된 거지?"

채경이 눈치를 보며 물었다. 소희는 짐짓 쿨한 척 웃으며 대꾸했다.

"아니, 내가 밀려서 썼어. 그래서 평균이 5점쯤 깎였어. 이번에 성적 좋으면 아, 빠한테 폴라로이드 카메라 사 달라고 할라 했는데 날아가 버렸네."

아저씨가 상을 준다고 했을 때부터 소희는 갖고 싶은 걸 생각해 보았다. 엄마와 살면서 부족한 게 없어진 소희는 문득 폴라로이드 카메라가 생각났다. 전 학교에서 어떤 애가 현장 학습에 그 카메라를 가져온 적이 있었다. 그 애는 아이들과 재밌는 포즈를 취하고 사진을 찍은 다음 즉석에서 뽑아 주었다. 찍는 줄도 모르고 있던 소희에게는 나무에 기댄 채 서 있는 독사진을 주었다. 수정이나 보정할 수 없이 그 순간을 박제한 듯한 사진은 휴대폰 속에 저장된 것들과는 느낌이 달랐다. 소희는 아직도 그 사진을 가지고 있었다.

"뭐야? 평균 5점 깎였어도 나보다 더 잘했잖아. 정소희 완전 짜증 나."

채경이 그걸 위로라고 하며 소희 어깨에 팔을 둘렀다. 그 팔을 밀어내고 싶은 걸 꾹 참으며 소희는 말했다.

"나 방과 후 수업 들어가야 돼."

채경과 헤어진 소희는 방과 후 수업에 가지 않았다. 지금 기분으로는 수업 내용이 귀에 들어올 것 같지 않았다. 그렇다고 집으로 곧장 가고 싶은 것도 아니었다. 엄마한테 실수한 이야기를 미리 하고 싶지 않았고, 집에 일찍 간 핑계도 마땅치 않았다.

학교를 나왔지만 갈 곳이 없었다. 집과 학교, 그리고 작은 집과 고모네 집이 소희가 갈 수 있는 전부였지만 가고 싶은 곳은 한 군데도 없었다. 소희는 섬이 돼 너른 바다 위에 홀로 둥둥 떠 있는 것 같았다.

지훈으로부터 메시지가 왔다. 그도 꼬리표를 받았을 거다. 소희는 실수한 걸 몰랐을 때의 점수를 지훈에게 냉큼 말한 채경이 원망스러웠다. 소희는 지훈의 메시지에 답을 하지 않았다.

소희는 잠시 우두커니 서 있었다. 이대로 페이드아웃이 되고 싶었다. 화면이 점점 어두워져 사라지는 기법 말이다. 그런 다음 디졸브 기법을 써서 미래의 시간으로 갔으면 좋겠다. 누군가 자신의 성장 과정을 좀 더 보기를 원한다면 5년쯤 뒤라도 좋았다. 그때라면 대학생이 됐을 테니 독립을 할 수도 있을 것이다.

무심결에 영화 기법을 빌려 심정을 표현하고 있던 소희는 블루스크린을 생각했다. 디졸브가 함께 떠올랐다. 이 시간이면 카페에 없을 수도 있다. 그때 일을 사과하는 쪽지라도 남기고 싶었다. 피시방에 간 소희는 자리에 앉자마자 영화 카페로 들어갔다. 로그온 중인 닉네임을 살펴보았지만 디졸브는 없었다. 그동안 새로 올린 글도 없었다. 혹시 나 때문에 기분이 나빠서 그런 건가. 쪽지를 쓰려는데 그사이 들어왔는지 디졸브가 대화를 요청해 왔다. 도망치기에는 늦었다. 아니, 반가웠다.

방과 후 피시방

디졸브 : 안녕하세요?

하늘말나리 : 안녕하세요? 지난번엔 죄송했어요 ㅠㅠ

대면하는 게 아니어선지 사과도 쉽게 나왔다.

디졸브 : 뭐, 별로…

하늘말나리 : 근데 이 시간에 어떻게 들어왔어요?

디졸브 : 그러는 하늘말나리님은요?

하늘말나리 : 저는 중딩이고 디졸브 님은… 대딩이죠. 맞죠?

디졸브 : 어, 아닌데…

하늘말나리 : 그럼 고딩이에요? 어른이나 대딩인 줄 알았어요.

고딩이면 시간 더 없지 않아요?

디졸브 : 음… 고딩이라고 24시간 공부만 하는 건 아니지요. 그동안 잘 지냈어요?

하늘말나리 : 잘 지내지 못했어요. ㅠㅠ 오늘 중간고사 꼬리표가 나왔는데…

디졸브 : …

하늘말나리 : 사회 답안지를 밀려 썼어요

디졸브 : ㅠㅠ 속상하겠네요

하늘말나리 : 어떤 한심한 애가 그런 실수를 하나 했는데 내가 그런 거예요. 아까는 정말 속상하고 창피해서 죽고 싶었어요

디졸브 : 그랬겠네요

하늘말나리 : 엄마랑 살게 된 지 얼마 안 되거든요. 식구들한테 당당하게 성적표를 내밀고 싶었는데…

지난번에 한 이야기가 있어 그런 말이 어렵지 않게 나왔다.

디졸브 : 많이 망쳤어요?

하늘말나리 : 실수 안 했으면 평균 93점일 텐데 지금은 88점이에요

디졸브 : 와, 아깝네요. 그런데 처음에 93점 맞아 놓으면 앞으

로 계속 그 점수 유지해야 하잖아요. 앞으로 실수 안 하면 계속 성적 오른 모습을 보여 줄 수 있겠네요

하늘말나리 : 디졸브님 이야기 들으니까 마음이 편해지네요. 집에 가기 싫었는데…

디졸브 : 부모님도 처음이니까 봐주시지 않을까요. 참, 영화는 재밌게 봤어요?

소희는 디졸브와 계속 대화를 나누다 방과 후 수업이 끝나는 시간에 맞춰 일어섰다. 피시방을 나오던 소희는 입구와 가까운 자리에 앉아 있는 재서를 보았다. 소희는 자기가 앉았던 자리를 돌아다보았다. 마치 비밀을 들킨 기분이었다. 하지만 게임에 빠져 있는지 모니터에 눈을 고정시킨 재서는 소희가 앞을 지나쳐 가는 것도 몰랐다.

실수

"사람이 실수도 하고 그래야 인간미가 있는 거야. 실수를 했는데도 평균 88점이니 잘한 거다. 약속대로 상 줄 테니 갖고 싶은 거 있으면 말해 봐."

아저씨가 웃는 얼굴로 말했다.

"시험을 망쳤는데 상은 무슨 상이야. 그만둬요."

말리는 시늉은 했지만 엄마도 아저씨가 그렇게 말하는 게 싫은 표정은 아니었다.

소희는 소원대로 예쁜 폴라로이드 카메라를 얻었다. 실수로 점수를 잃었지만 그보다 더 나쁜 일은 일어나지 않았다. 위로라도 해 주듯 오히려 더 좋은 일들만 생겼다. 채경은 더 살갑게 굴었으며, 상위권 아이들은 경계심을 누그러뜨렸다.

그리고 지훈과 더 가까워졌다.

11월 11일, 소희는 지훈으로부터 빼빼로를 받았다. 집에 돌아온 소희는 교복도 벗지 않고 빼빼로 상자의 포장지부터 벗겼다. 급한 손길에 포장지가 쭉 찢어졌다. 소희는 멈칫하고 손을 멈추었다. 무슨 데이 때 선물을 받은 게 처음은 아니다. 찢어진 포장지 사이로 작년 화이트데이가 떠올랐다.

할머니가 이 세상에 없는 현실은 소희의 가슴에 막막한 슬픔을 안겨 주었고, 작은집과 중학교 생활은 낯설고 힘들었다. 그러던 어느 날 같은 반 영후가 사물함에 색색의 사탕이 가득 든 예쁜 유리병을 넣어 놓았다. 그 뒤로 눈이 마주치면 미소를 보내 주는 영후가 많은 위안이 됐다. 소희는 그 덕분에 교실에 마음을 붙이고, 공부에도 집중하기 시작했다.

그러던 중 소희가 부모 없이 작은집에 살며 현장 학습이나 인터넷 강의 비용을 지원받는 아이란 사실이 알려졌다. 소희는 가장 먼저 영후를 향해 조금씩 열리던 마음의 문을 닫았다. 그리고 그 기억마저 지워 버렸다. 애써 잊고 있던 일이 빼빼로 상자의 포장을 벗기는 순간 되살아났다. 앞으로는 그럴 일 없어. 소희는 자신에게 말했다.

한밤중

소희는 우진의 잠꼬대 소리에 눈을 떴다. 공부를 하다 책상 위에 엎드린 채 잠이 들었던 소희는 저린 팔을 주무르며 침대를 돌아다보았다. 우진이 침대에 있는 걸 보면 부부 동반 모임에 간 엄마와 아저씨는 아직 안 온 모양이었다. 시계를 보니 새벽 1시가 넘어가고 있었다. 일요일이니 늦잠을 자도 된다. 소희는 스탠드를 끄고 잠이 달아날까 봐 조심조심 일어섰다.

그때 밖에서 차 소리가 들렸다. 엄마와 아저씨가 오는 듯했다. 소희는 반쯤 감긴 눈으로 커튼을 들추고 밖을 내다보았다. 차고 쪽에서 아저씨와 엄마가 차례로 계단을 올라오는 모습이 보였다. 소희가 쏟아지는 졸음을 누르지 못해 침대 쪽으로 돌아서려는 순간 아저씨가 갑자기 엄마를 후려쳤다. 엄마가 휘청했다. 소희는 자신이 맞기라도 한 듯 터져 나온 짧은 비명을 손바닥으로 막았다. 반사적으로 우진을 돌아다보았지만 다행히 깨지 않았다.

얼음물에 담갔던 것처럼 얼얼한 정신으로 소희는 정원을 다시 내려다보았다. 엄마와 아저씨는 아무 일도 없었던 것처럼 집 쪽으로 걸어와 현관문을 열고 소희의 시야에서 사라졌다. 소희는 걷잡을 수 없이 뛰는 가슴과 헛놓이는 다리를 간신히 이끌고 침대 위로 올라갔다. 심장이 터질 것처럼 뛰었고 오한 든 것처럼 몸이 마구 떨렸다. 소희는 우진을 끌어안았다. 그러자 조금 진정이 되는 것 같았다.

잠시 뒤 밖에서 기척이 느껴졌다. 엄마든 아저씨든 우진을 데리러 오는 게 분명했다. 소희는 얼른 우진에게서 떨어졌다. 우진이 다리 밑에 깔고 있는 이불을 끌어다 덮을 틈은 없었다. 조용히 문이 열리고 엄마의 향수 냄새가 퍼졌다. 소희는 안간힘을 다해 숨을 진정시켰다. 엄마는 우진을 깨우거나 안아 올리는 대신 침대 끝에 걸터앉았다. 잠시 앉아 있던 엄마는 옷장에서 이불 하나를 더 꺼내 우진과 소희를 덮어 주곤 그냥 나갔다.

엄마가 나가고 나자 소희는 숨을 토해 내며 바로 누웠다.

우진이 돌아누우며 방금 덮어 준 이불을 차 버렸다. 정지됐던 머릿속이 다시 굴러가기 시작했다. 무슨 일이지? 엄마한테 왜 그런 거지? 혹시 내가 잘못 본 건가? 그동안 소희가 보아 온 아저씨는 절대로 그럴 사람이 아니다. 그렇다면 엄마가 무슨 큰 잘못을 한 걸까? 아니, 아무리 큰 잘못을 했다고 해도 그래서는 안된다. 딸이라면 아까 그 장면을 보는 순간 달려 나갔어야 했다. 나가서 아저씨에게 대들거나 따졌어야 했다. 그랬어야 했다.

자책 끝에 소희는 문득 '혹시 나 때문인가?' 하는 생각이 들었다. 작은집에서도 소희는 종종 작은아빠 부부의 싸움거리가 되곤 했다. 이 집에서도 여전히 그런 존재일지 모른다. 소희 머릿속에 엄마와 단둘이 이 집을 떠나는 장면이 떠올랐다. 우혁과 우진 없이 엄마와 단둘이 팔짱을 끼고 시장도 보고, 요리도 해 먹고, 목욕탕에도 가는 상상은 솜사탕처럼 달콤했다. 하지만 곧바로 허름하고 초라한 단칸방이나 굶주린 채 잠잘 곳을 찾아 헤매는 풍경이 소희의 가슴을 서늘하게 했다. 서늘함은 달콤한 상상보다 훨씬 더 구체적이었다.

다음 날

온갖 상념이 뾰족하고 날카로운 바늘이 돼 머릿속을 찔러 댔다. 새벽녘에야 겨우 잠든 소희는 축축한 느낌이 들어 깼다. 처음엔 또 달밭마을을 떠나오던 날의 꿈을 꾼 줄 알았는데 젖은 건 베개가 아니라 소희의 잠옷 바지였다. 깜짝 놀라 일어나 살펴보니 우진이 오줌을 싸 놓았다. 이불을 따로 덮고 잤는데도 소희 옷까지 스며들었다.

우두커니 앉아 있던 소희는 다시 누웠다. 뭘 어떻게 해야 할지 알 수 없었다. 지난밤에 본 게 꿈이나 착각이 아니라면 아래층에 내려가 엄마와 마주하기가 겁났다. 아저씨를 볼 일은 더 두려웠다. 아저씨와 엄마가 자신이 보았다는 사실을 알면 어쩌나 걱정이 됐다. 그리고 이 일이 실제라면 모르는 척하고 있어도 되는 건지 혼란스러웠다.

잠에서 깬 우진이 기척을 냈다. 당황한 우진이 우왕좌왕하는 걸 느끼며 소희는 눈을 감고 있었다. 여덟 살이나 돼 오줌을 싼 우진도 누나 보기 창피하겠지만 소희 역시 동생에게 까닭 모를 부끄러움을 느꼈다. 우진이 방을 나가고 난 뒤에도 소희는 한동안 그냥 누워 있었다. 식구들을 대면할 시간을 늦추고 싶었다. 하지만 계속 누워 있기에는 비쳐 드는 햇살이 너무 환했다.

억지로 일어나 갈아입을 옷을 챙겨 들고 욕실로 가려는데 엄마가 들어왔다.

"놀랐지?"

엄마의 말에 소희는 얼음덩이처럼 굳었다. 내가 본 걸 엄마도 아는구나. 무슨 말을 어떻게 해야 하지? 할 말을 찾지 못해 우물쭈물하는데 엄마가 말했다.

"우진이가 잠자리를 바꾸면 가끔씩 이래. 어제 너무 늦어서 그냥 재웠더니……. 얼른 씻어. 매트리스는 내일 사람 불러서 해결할게."

소희는 엄마 몰래 한숨을 내쉬었다. 손자국이라도 나 있을까 봐 엄마 얼굴을 똑바로 볼 수가 없었다. 욕실로 들어가 시간을 끌며 샤워를 한 뒤 나오니 엄마는 그사이 침대 시트를 벗겨 가고 없었다.

아주머니가 오지 않는 일요일엔 평소보다 늦은 시간에 간단한 아침을 먹었다. 소희는 그 시간이 돼서도 내려가지 않았다. 아니, 내려갈 수가 없었다. 노크 소리가 나고 우진이 모습을 드러냈다.

"누나, 아침 먹어. ……미안해."

우진은 문 앞에 선 채 잔뜩 풀 죽은 목소리로 말했다.

문득 자신의 불안감이 전해져 우진이 오줌을 쌌는지 모른다는 생각이 들었다. 소희가 대답 대신 손짓으로 부르자 우진은 눈치를 보며 다가왔다. 우진 역시 샤워를 하고 옷을 갈아입은 모습이었다.

"화장실에 가서 오줌 눴는데…… 분명히 그랬는데……."

우진이 울먹거렸다. 소희는 아직 젖은 우진의 앞머리를 쓸어 올려 주었다.

"괜찮아. 누나도 너만 한 때 그런 적 있어."

"정말? 그런데 여덟 살보다 아기 때였지?"

"아니, 아홉 살 때였어."

"진짜?"

우진의 얼굴이 환해졌다.

"이거 비밀이다. 너한테만 특별히 얘기해 준 거야."

“그럼 누나도 형한테 비밀로 해 줄 거지?”

소희와 우진은 새끼손가락을 걸고 도장을 찍고 복사까지 했다.

“식당에 누구누구 있어?”

소희가 물었다. 아침 생각이 조금도 없었지만 안 내려가면 혹시라도 어젯밤 일을 보았다는 걸 엄마나 아저씨가 눈치챌까 봐 겁이 났다.

“엄마랑 형.”

우혁이 게임을 마음대로 할 수 있는 날은 일요일 하루뿐이다. 그래서 일요일이면 우혁은 새벽같이 일어났다.

소희는 이 집에 오던 첫날처럼 우진의 손을 잡고 아래층으로 내려갔다. 빵 구운 냄새가 풍겨 나왔다. 식당 문을 열자 빵에 잼을 바르고 있던 우혁이 힐끗 쳐다보았다. 소희와 우진도 맞은편 자리에 앉았다. 엄마가 빵을 우진과 소희 앞에 놓아 주었다. 식탁 가운데엔 버터와 잼, 우유가 담긴 병과 과일 바구니가 놓여 있었다. 소희가 그동안 지내 온 여느 일요일과 같았다.

그때 아저씨가 식당 문을 열고 모습을 나타냈다. 소희는 막 집었던 버터나이프를 놓칠 뻔했다.

“우리 아들딸들, 일요일인데도 일찍 일어났구나. 여보, 나는 시원하게 마실 거나 한 잔 주지. 박 사장하고 라운딩 잡혀서 나가 봐야 해."

아저씨도 평소와 다를 바 없었다. 소희는 빵에 버터를 바르며 엄마를 훔쳐보았다. 아저씨를 어떻게 대할지 심장이 뛰었다. 놀랍게도 엄마는 아무 일 없었던 모습으로 아저씨를 위한 음료를 준비했다. 소희는 뭐가 뭔지 모르겠는 기분인 채 빵을 입에 넣곤 식당을 둘러보았다. 주방과 분리된 식당은 거실보다 더 자주 온 가족이 모이는 장소다.

늦가을의 청량한 아침 햇살이 하얀 식탁보 위에 쏟아져 식기들을 반짝반짝 빛나게 했다. 예쁜 앞치마를 두른 엄마와 온화한 미소를 가득 머금은 아저씨, 꼬마 박사처럼 영특해 보이는 우혁과 귀여운 개구쟁이 우진, 뒤늦게 합류했지만 풍경을 크게 해치지 않는 소희. 그리고 그들이 아무 일도 없는 것처럼 아침 식사를 하고 있는 광경을 지켜보는 또 다른 소희가 있었다. 그 소희는 어젯밤에 본 걸 분명히 기억했지만 풍경 속 소희는 잘못 보았거나-엄마가 무엇에 걸려 비틀거렸다든지, 아저씨가 엄마 얼굴에서 머리카락 따위를 떼어 주었다든지-꿈을 꾼 거라고 생각하며 앉아 있었다.

오버랩

소희는 폴라로이드 카메라가 생기면서 사진에 흥미가 생겼다. 늘 보던 일상의 풍경들을 마음이 가는 장면만 들어내 사진에 담는 것도 재미있었고, 익숙한 사물들을 근접 촬영하거나, 어느 한 부분만 잘라 찍었을 때의 낯섦과 새로움도 신기했다. 그런데 폴라로이드 사진은 인화지 값이 계속 드는 게 흠이었다. 사진은 주로 휴대폰으로 찍고 폴라로이드 카메라는 꼭 필요할 때만 사용했다.

소희도 그동안 메신저만 이용하던 페이스북을 하기 시작했다. 주로 사진을 올렸다. 풍경과 사물 사진도 올리고 남들처럼 어플을 활용해 눈이 크고, 턱이 뾰족하고, 얼굴에서 환한 빛이 나는 셀카 사진도 올렸다. 사진에 관한 걸 검색하다 우연히 최민식, 스티브 맥커리라는 사진작가를 알게 됐다. 소희는 그들의 인물 사진에서 충격과 함께 깊은 감명을 받았다.

희로애락과 만고풍상을 고스란히 드러낸 사진 속 인물들은 눈빛으로 표정으로 소희에게 말을 걸어왔다. 소희는 그들의 사진을 보다가 운 적도 있고, 심장이 뛴 적도 있고, 아픔을 느끼기도 했다. 소희는 그저 예쁘게만 보이기 위한 셀카 사진에 흥미를 잃었다. 대신 자신이 감명받은 사진처럼 사람의 마음까지 담아내고, 보는 사람의 마음을 움직이는 인물 사진을 찍고 싶었다.

소희가 집에서 마음 놓고 휴대폰을 들이댈 수 있는 상대는 우진뿐이다. 우진은 소희가 놀아 주는 게 좋은지 하라는 대로 포즈를 취해 주곤 했다. 때로는 "사진 안 찍어?" 하면서 모델을 자청하기까지 했다. 소희는 우진을 담은 사진 중 비눗방울을 불며 환하게 웃는 모습을 바탕 화면에 깔아 놓았다. 컴퓨터를 켤 때마다 우진의 천진한 웃음이 소희를 반겼다.

소희는 도우미 아주머니나 정원을 가꾸러 오는 아저씨가 일하는 모습도 몰래 찍었다. 아줌마가 정원 한구석에 있는 건조대에 빨래를 너는 장면을 방에서 찍었는데 소희는 그 사진이 아주 마음에 들었다. 폐지를 가득 담은 리어카를 끌고 가는 할머니와 공원에 우두커니 앉아 있는 할아버지의 모습도 찍었다.

사진을 찍으면서 소희는 생각은 글로만 표현하는 게 아님을 깨달았다. 사진으로, 그림으로, 음악으로, 춤으로, 그리고 디졸브가 꿈꾸는 영화로도……. 아저씨가 말했던 세상의 많은 즐거움은 세상과 소통하는 방식의 다양함이었는지도 모른다.

그런데 아저씨를 생각하면 항상 그날 밤의 일이 오버랩됐다. 너그럽고 성격 좋은 아저씨와 한밤중의 아저씨가 오버랩되면 소희는 어떤 게 아저씨의 진짜 모습인지 혼란스러웠다. 오버랩은 장면과 장면이 겹쳐지다가 앞의 장면이 사라지고 뒤 장면만 남는 걸 말하는데, 소희 마음속의 두 장면은 둘 다 끝까지 사라지지 않는 채 소희를 힘들게 했다. 앞 장면의 아저씨에게 고마움을 느끼다 보면 엄마를 배신하는 것 같고, 뒤 장면의 아저씨를 미워하려 들면 배은망덕한 아이가 되는 것 같았다. 뒤 장면을 생각하면 엄마를 끌고 이 집에서 나가거나, 아저씨에게 따지지는 못할지라도 베푸는 호의를 거절하거나 적어도 미워라도 해야 했다.

아무것도 하지 못하는 자신에게 자괴감이 든 소희는 한동안 아저씨와 엄마를 몰래 지켜보았다. 그들은 여전히 다정한 한 쌍의 잉꼬부부였다. 소희는 '정말 내가 잘못 봤나 봐. 아니면 꿈을 꾸었던지.'라는 생각이 들 정도였다. 설령 사실이라고 해도 아무 일 없는 듯이 지내는 그 뒤의 삶은 엄마가 선택한 거다.

그동안 소희가 보아 온 여자들은 대부분 일과 가사와 육아 사이에서 동동거리는 삶을 살았다. 할머니를 비롯한 달밭마을의 아줌마들, 진료소 소장님, 학교 선생님, 작은엄마, 마트에서 일하는 고모가 그랬다. 소희는 고생하는 모습이 안돼 보여 일 좀 그만하고 편안하게 살았으면 좋겠다고 생각한 적이 많았다. 하지만 엄마를 보면서 생각이 조금씩 바뀌었다.

가사 도우미에게 집안일을 맡기고 엄마가 하는 일은 아이들 등하교를 시키고, 학부모 모임이나 아저씨와의 부부 동반 모임 등에 참석하는 일이었다. 나머지 시간은 골프 연습이나 쇼핑, 그리고 외모를 가꾸는 일로 보내는 것 같았다. 스파를 하고 마사지를 받고, 네일아트를 받는 엄마는 덕분에 마흔 살에도 30대 초반 같은 얼굴과 군살 없는 몸을 유지하고 있었다. 소희는 그런 엄마가 처음처럼 멋져 보이거나 닮고 싶다는 생각이 들지 않았다. 어쩌면 엄마는 그런 삶을 위해 정원에서의 일 따위는 기꺼이 감수하고 있는 건지 몰랐다. 소희는 더는 그 문제에 대해 생각하지 않기로 했다.

대신 소희는 페이스북에 빠졌다. 개성 없는 셀카 사진 대신 어설프나마 자기 마음이 투영된 사물이나 풍경 사진을 올리고 짧은 일기나 책 읽고 영화 본 소감 등을 썼다. 소희는 마음대로 해도 되는 방이 생긴 것 같아 하루에도 몇 번씩 페이스북에 들락거렸다.

책상 서랍에 넣어 둔 채 한동안 쓰지 않던 폴라로이드 카메라가 없어졌다. 오래간만에 그 카메라로 사진을 찍어 페이스북에 올리려던 참이었다. 소희는 자기 방을 가장 많이 드나드는 우진을 의심했다. 즉석에서 사진이 나오는 걸 재미있어하며 직접 찍어 보겠다고 떼를 쓰곤 했다. 소희는 우진이 카메라를 어디에 숨겼을지 몰라 침대 밑, 옷장 안까지 샅샅이 살폈다. 하지만 아무 데도 없었다. 컴퓨터 바탕 화면의 천진한 모습과 책상 서랍을 뒤져 몰래 카메라를 가져가는 우진의 모습이 겹쳐 떠올랐다.

말의 파편

소희는 우진이 카메라가 탐나서 가져간 게 아님을 알았다. 우진과 우혁은 가진 게 많아 남의 걸 부러워할 일도 없는 아이들이다. 우진의 눈에는 카메라가 그저 장난감 같았을 거다. 소희가 카메라를 돌려 달라고 하자 우진은 가져가지 않았다고 했다.

"니가 안 가져갔으면 누가 가져갔단 말이야? 장난친 거 봐줄 테니까 가져와."

소희는 우진을 구슬렸다.

"정말 안 가져갔다고!"

우진이 발을 굴렀다.

"갖고 놀다 고장 냈어? 그래도 안 혼낼 테니까 솔직하게 말해."

"고장 나서 어디다 버렸어? 엄마한테 말 안 할게, 누나한테만 알려 줘."

"너 이러면 오줌 싼 거 우혁이한테 말한다."

소희는 우진을 달래고 어르고 협박했다.

"정말 안 가져갔다니까 왜 자꾸 그래. 엄마한테 이를 거야, 씨."

우진이 울면서 방을 뛰쳐나갔다. 소희는 차라리 잘됐다고 생각했다. 엄마한테 일러 봤자 혼나기만 하고 카메라를 내놓아야 할 거다.

"카메라가 어떻게 됐다는 거야?"

소희 방으로 온 엄마가 물었다.

"폴라로이드 카메라가 없어졌어요."

소희는 울상을 했다.

"발이 달린 것도 아니고 어디 있겠지. 잘 찾아보지도 않고 우진이부터 잡으면 어떻게 해? 우리 애들은 그런 짓 안 해."

순간 엄마의 '우리 애들'이라는 말이 파편처럼 튀어 가슴에 박혔다.

'우리 애들이라니. 그럼 나는 엄마한테 뭐지? 지금, 우리 애들이 아닌 내가 거짓말을 한다는 건가?'

소희는 엄마가 자신을 어떻게 생각하고 있는지 그 말 한 마디로 다 알 것 같았다. 엄마에게 우리 애들은 우혁과 우진뿐이다. 어쩔 수 없이 소희를 데려오기는 했지만 '우리 애'는 아닌 것이다. 그런 줄도 모르고 소희는 지금까지 엄마의 사랑을 갈구, 아니 구걸했다. 가슴에 박힌 말의 파편이 소희의 마음을 조각냈다. 창끝처럼 뾰족하고 날카로워진 그 조각들이 입을 열면 목구멍을 타고 올라와 엄마에게로 날아갈 것 같았다.

소희는 더는 아무런 노력도 하지 않기로 했다.

어둠 속의 댄서

디졸브 : 지금 막 〈어둠 속의 댄서〉라는 영화 봤는데 하늘말나리 님은 보셨어요?

하늘말나리 : 아뇨. 어떤 영화예요?

디졸브 : 셀마라는 가난한 여자가 어린 아들하고 살아요. 셀마는 시력을 잃어 가고 있어요

하늘말나리 : 불쌍하네요.ㅠㅠ

디졸브 : 그런데 아들도 똑같은 병에 걸려요. 셀마는 아들 눈을 고쳐 주려고 악착같이 돈을 벌어요. 집주인이 경찰인데…

하늘말나리 : 도와줘요?

디졸브 : 아뇨. 셀마 돈을 훔쳐요

하늘말나리 : ㅠㅠ

디졸브 : 셀마는 그 돈을 되찾으려고 싸우다 집주인을 죽이게 돼요

하늘말나리 : ㅠㅠㅠㅠㅠㅠ

디졸브 : 결국 셀마는 교수형을 당해요

하늘말나리 : ㅠㅠ 넘 슬프네요. 근데 왜 제목이 〈어둠 속의 댄서〉예요? 댄서는 어디 나와요?

디졸브 : 셀마의 꿈은 뮤지컬 배우가 되는 거예요

하늘말나리 : 아~

디졸브 : 셀마가 상상하는 뮤지컬 장면이 영화에 나와요

하늘말나리 : 그럼 셀마는 끝내 꿈을 이루지 못하고 세상을 떠난 거네요. ㅠㅠ

디졸브 : 그런 셈이죠

하늘말나리 : 아들은 어떻게 됐어요?

디졸브 : 그 이야기까지는 안 나와요

하늘말나리 : 엄마의 사랑이 대단하네요. 목숨까지 바친 거잖아요

디졸브 : 그런데 나는 좀 무서웠어요. 아들이 눈을 고친다고 해도 엄마 때문에 평생을 괴로워하면서 살아야 하잖아요

하늘말나리 : 그럴 수도 있겠네요.ㅠㅠ 디졸브님 엄마는 어떤 분이에요?

디졸브 : 그건 왜요?

하늘말나리 : 그냥, 궁금해서요. 늘 내 이야기만 했잖아요

디졸브 : 우리 엄마는… 나에 대한 기대가 너무 높아요

하늘말나리 : 엄마들 다 그렇지 않아요?

디졸브 : 엄마한테 나는 거의 종교예요. 그래서 숨이 막힐 때가 있어요

하늘말나리 : 얼마나 사랑하면 아들을 종교처럼 생각할 수 있을까 잘 상상이 안 돼요. 전 디졸브님이 부러워요

디졸브 : 엄마가 자기 삶이 아니라 자식을 통해 구원받으려고 하는데, 그래서 숨이 막혀 죽겠는데, 그게 부럽다구요?

소희는 할 말이 없어서 디졸브가 다음 말을 쓸 때까지 기다렸다.

디졸브 : 내가 엄마 기대에 미치지 못하면 어쩌나 겁나요

디졸브 : 나 때문에 고생한 엄마한테는 뭐가 남을까 두려워요

디졸브 : 난 엄마가 자식이 아닌 자기 자신을 위해서 살았으면 좋겠어요

후유증

"채경이라는 애한테서 전화 왔었다."

집 안으로 들어선 소희에게 엄마가 말했다. 학원 수업 시작 전에 휴대폰을 꺼 놓고 다시 켜는 걸 잊었다. 엄마와 채경이 통화했을 걸 생각하니 찜찜했다.

"뭐래요?"

소희는 엄마를 보지 않은 채 말했다.

"전화해 달라고 하더라."

소희는 대꾸 없이 2층으로 올라갔다. 거실에 있던 우혁이 벌떡 일어나 자기 방으로 들어갔다. 소희는 닫힌 우혁의 방문을 노려보곤 방으로 들어와 교복을 갈아입었다. 엄마가 주스를 가지고 들어왔다.

"씻고 마실 테니 거기 두세요."

소희는 교복을 옷장에 걸었다.

"카메라 아직 못 찾았어?"

주스를 책상 위에 내려놓은 엄마가 물었다. 카메라 이야기가 나오자 엄마의 말에 조각났던 마음이 다시 가슴을 찔렀다.

"못 찾았어요."

소희의 목소리는 냉랭했다.

"혹시 학교 가져갔다 잃어버린 거 아니야?"

소희가 엄마 쪽으로 몸을 휙 돌렸다. 그러곤 엄마를 똑바로 보며 말했다.

"아뇨. 학교에 가져간 적 없어요."

소희를 바라보는 엄마 표정에 고통의 빛이 번지고 있었다. 소희는 이유를 알 수 없는 채 엄마를 마주 보았다.

"나한테는. 솔직하게 말해도 돼. 다 이해할 수 있어."

엄마의 목소리에는 슬픔이 깃들어져 있었다. 소희의 얼굴이 일그러졌다.

"뭐를 솔직하게 말하라는 거예요? 우진이나 우혁인 그럴 애들이 아니라면서, 나는 거짓말이라도 한다는 거예요?"

소희가 쏘아붙였다. 꽉 쥔 주먹이 파르르 떨렸다. 엄마한테 대드는 건 처음이다. 아직도 하지 못한 말들이 서로 나오겠다고 가슴속에서 요동치고 있었다. 슬픔과 고통이 뒤섞인 엄마의 얼굴이 그대로 굳어졌다.

"아, 아니야. 피곤할 텐데 얼른 씻고 쉬어. 이야기는 나중에 하자."

엄마가 허둥지둥 방을 나갔다. 소희는 자신과 엄마 사이가 아주 사소한 언쟁으로도 균열을 일으키고, 관계가 무너질 만큼 위태롭다는 사실을 알고 있었다. 자식이 버릇없게 굴어도 야단칠 수 없을 만큼 얇고 약한 관계였다. 소희는 침대 위에 털썩 앉았다. 그러곤 목을 타고 넘어오는 씁쓸함을 주스와 함께 되넘겼다.

우아함의 거리

채경으로부터 전화가 왔다. 소희는 통화할 기분이 아니지만 채경이 혹시 집으로 다시 할까 봐 전화를 받았다.

"쏘이, 너는 남친 있는 애가 그렇게 폰 관리를 안 하냐?"

채경의 목소리가 휴대폰 밖으로 튀어나올 것처럼 크게 울렸다. 평소 같으면 채경의 명랑한 분위기에 덩달아 기분이 좋아졌겠지만 지금은 근심이라곤 티끌만큼도 없어 보이는 채경의 목소리를 듣는 게 버거웠다.

"학원 끝나고 휴대폰 켜는 걸 잊어먹었어."

집에 들어오기 전까지 지훈과 같이 있었기에 휴대폰을 켤 일이 없었다. 지훈은 얼마 전 아예 소희가 다니는 학원의 예비고 반으로 옮겼다. 소희도 일주일에 사흘 나가는 반에서 일주일 내내 수업하는 반으로 바꿨기 때문에 지훈과 날마다 만날 수 있었다. 학원이 끝나면 지훈은 노선이 다른데도 같은 버스를 타 소희를 집 근처까지 바래다준 뒤 마을버스를 타고 자기 집으로 돌아갔다.

"오빠도 피곤할 텐데 혼자 집에 갈게. 우리 동네 별로 안 위험한 거 알잖아."

"누가 위험해서 그러나. 같이 있고 싶어서 그러지. 기말시험, 내신에 안 들어간다고 요새 교실 분위기 막장이야. 피곤하면 학교서 자면 돼. 그리고 고등학교 가면 이렇게 데려다주기도 힘들 텐데 시간 있을 때 실컷 해야지."

지훈과 함께 있으면 시간은 늘 꿈결처럼 흘렀다. 내년에 고등학생이 되는 지훈을 생각하면 소희는 둘의 만남이 시한부라도 되는 양 더 애틋한 기분이 들곤 했다.

"내가 전화한 거 엄마가 말씀 안 하셔?"

채경의 목소리가 하도 커서 소희는 전화기를 귀에서 좀 떼었다.

"들었어. 지금 막 와서 씻은 다음에 전화하려고 했어. 무슨 일 있어?"

"있지, 나 사고 쳤어."

혹시 내가 그동안 채경에게 했던 말들을 엄마한테 했나?

그러고 보니 엄마의 태도도 조금 이상했다. 소희는 가슴이 덜컥 내려앉았다.

"무슨 사고?"

"재서한테 페메로 고백했어."

안도감을 가질 새도 없이 번개 같은 것이 번쩍하면서 소희의 마음을 비췄다. 소중한 걸 빼앗긴 듯 아리고 슬픈 감정이 불빛에 드러났다 사라졌다. 뺏긴 게 채경인지, 재서인지 분명치 않았다.

"……답 왔어?"

"아니, 메시지 보낸 지 두 시간이 넘었는데 아직 안 와. 완전 쪽팔려. 끝까지 안 오면 어떻게 하지?"

채경이 하소연했지만 소희는 이유 모르게 마음이 놓였다.

"암튼 좀 더 기다려 보는 수밖에 없겠네."

소희는 딱히 조언을 해 줄 게 없어서 그렇게 말했다.

"시간이 너무 안 가. 그런데 너네 엄마 목소리 너무너무 교양 있으시다. 화낼 때도 그렇게 우아하게 말씀하시니? 우리 엄마랑 진짜 비교된다. 우리 엄마는,"

"우리 엄마랑 오래 이야기했어? 무슨 이야기했는데?"

소희가 채경의 말을 자르며 물었다. 다시 불안함이 고개를 들었다.

"그냥 별말 안 했어……. 내가 네 베프라니까 학교 적응 잘하나, 그런 거 물어보시더라."

"정말 쓸데없는 이야기 안 했지?"

소희는 더 자세히 캐묻고 싶은 것을 꾹 참고 말했다.

"지훈 선배 '지' 자도 말 안 했으니까 걱정 마셔. 그나저나 이재서, 끝까지 내 고백 씹지는 않겠지?"

클리셰

- 어디쯤 와?

- 내릴 때 다 돼 가. 오빠는?

- 횡단보도 앞에서 만나자

뒷자리에 앉아 지훈과 메시지를 주고받던 소희는 룸미러 안에서 엄마와 눈이 마주쳤다.

"아침부터 누구하고 메시지 하는 거야?"

엄마가 물었다.

"친구요."

"남자 친구래, 남자 친구래."

우진이 놀려 대다 소희가 째려보자 입을 다물었다.

"남자 친구 있어?"

룸미러 속의 엄마가 살피는 듯한 얼굴로 물었다.

"아니요, 없어요."

소희는 쌀쌀맞게 대꾸하곤 창밖으로 고개를 돌렸다. 지훈과 사귀는 걸 엄마한테 가장 먼저 이야기하고 싶었던 때가 있었다. 하지만 이젠 아니다. 엄마에게 아무 이야기도 해 주지 않을 거다. 내가 무슨 생각을 하는지, 어떤 일을 겪고 있는지 아무것도 모르게 할 거야. 소희는 새삼스레 다짐했다.

엄마는 더 묻지 않고 평소와 같은 장소에 차를 세웠다. 소희는 차에서 내리면서 형식적으로 "다녀오겠습니다." 했다. 엄마의 시선이 따라붙는 느낌을 받았지만 돌아보지 않았다. 그러곤 지훈을 찾아 횡단보도 쪽을 바라보았다. 그곳엔 재서가 지훈 대신 차에서 내리는 소희를 보고 있었다.

소희는 차가 떠난 뒤 횡단보도 앞으로 갔다. 지훈이 올 쪽을 바라보던 소희는 재서와 눈이 마주쳤다. 재서는 눈길을 피하는 대신 무슨 말을 할 듯한 표정을 지었다.

재서가 소희에게 이 정도로 아는 척을 하는 것도 처음이었다. 재서도 소희와 채경이 단짝인 걸 알고 있을 거다. 혹시 채경 이야기를 하려는 건가. 소희는 재서가 어떤 결정을 내렸을지 궁금했다. 소희가 "너." 하고 입을 여는 동시에 재서의 입에서도 무슨 말인가 나와 둘의 말이 겹쳐졌다. 둘은 민망한 미소를 지으며 상대방이 먼저 말하기를 잠시 기다렸다.

"네가 먼."

그 말도 동시에 나왔다. 소희와 재서는 쿡, 하고 웃었다. 드라마나 영화에서 흔히 나오는 클리셰였다. 그런데 소희는 그것으로 재서와 조금 가까워진 기분이 들었다. 그게 클리셰의 힘인가 보다. 그래서 작가나 감독들이 진부한 줄 알면서도 그 힘에 기대는 건가. 디졸브와 이 이야기를 해 보아야겠다고 소희는 생각했다.

초록불이 켜졌다. 재서가 소희에게 건너자는 눈빛을 보내며 도로로 내려섰다. 그때 지훈이 부르지 않았다면 소희는 그와 만나기로 한 걸 잊고 재서와 함께 길을 건널 뻔했다.

소희가 멈칫하자 재서는 지훈 쪽을 바라보았다. 손을 흔들며 뛰어오고 있는 지훈을 본 재서는 고개를 돌리곤 성큼성큼 가 버렸다. 지훈이 당도했을 때는 이미 초록불이 두 칸밖에 남지 않았다. 다음을 기다리는 동안 소희는 지훈과 함께 있으면서도 자꾸만 재서에게 신경이 쓰였다.

'재서가 하려던 말은 뭐였을까?'

지훈과 학교까지 걷는 내내 소희는 그 생각만 했다.

작전

“어떻게 사람을 이렇게 개무시할 수가 있어? 두고 봐. 무슨 수를 써서라도 날 좋아하게 만든 다음 콱 차 버릴 거야.”

자신의 고백에 재서가 답을 하지 않자 채경은 실망하거나 창피해하는 대신 더 적극적으로 변했다.

횡단보도 앞에서 마주친 재서가 하려던 말이 채경과 관련된 게 분명했다. 하지만 뒤늦게 재서에게 무슨 이야기였냐고 묻는 것도 이상했고, 확실치 않으면서 채경에게 말하기도 애매해 더는 생각하지 않기로 했다. 재서가 하려던 말은 그냥 ‘안녕?’ 같은 의례적인 말이었는지도 모른다. 그동안 봐 온 재서로서는 그게 더 뜻밖이지만.

채경이 동원한 건 인맥이었다. 재서는 가윤의 남자 친구

준영과 가까이 지냈다. 채경은 가윤과 준영 커플에게 부탁해 각자 채경과 재서를 데리고 롯데월드에서 '우연히' 만난다는 작전을 세웠다.

"어때, 내 계획? 같이 막 무서운 놀이 기구 타다 보면 자연스럽게 가까워지지 않겠어?"

놀이공원에서 우연히 만나는 게 너무 작위적인 것 같다고 말하려던 소희는 날짜를 듣고 깜짝 놀랐다.

"나도 지훈 오빠랑 그날 롯데월드 가기로 했는데."

"대박! 이게 다 잘될 징조 같지 않냐? 재서랑 준영이랑 친한 것도 그렇고, 너랑 같은 날 롯데월드에 가는 것도 그렇고. 너 그날 나랑 재서 잘되게 팍팍 밀어줘야 돼. 알았지?"

소희는 아직 세상이 자신을 중심으로 돌고 있다고 믿는 채경이 부러웠다.

채경은 운명의 그날을 위해 용돈을 가불하고, 아빠를 졸라 돈을 타 내고, 자기 언니에게 돈을 빌려 볼륨 매직과 속눈썹 파마를 하고 귀까지 뚫었다.

"서로 모르는 사이도 아니면서 너무 오버하는 거 아냐?"

소희는 상대가 학교에서와 너무 다른 모습이면 오히려 더 낯설 것 같았다.

"너는 로코물도 안 봤냐? 변신한 여자한테 남자가 뿅 가는 거 말이야. 아는 사이니까 더, 내가 그동안 알았던 장채경이 아니라는 걸 한눈에 보여 줘야지. 너도 너무 방심하지 마. 지훈 오빠 노리는 애들 많은 거 알지?"

채경은 쉬는 시간마다, 귀 뚫은 것을 가리기 위해 붙였던 피부색 반창고를 떼어 내고 귓불에 박힌 귀고리를 손거울에 비춰 보았다. 소희는 그런 것들이 사람 마음을 움직일 수 있는지를 의심하면서도 토요일, 쇼핑몰로 옷 사러 가는 채경을 따라갔다.

채경은 돈이 궁하면서도 친구와 돈거래를 하지 않는다는 신조 때문에 소희에게 손을 벌리지는 않았다. 대신 옷 사러 갈 때 소희가 차비도 내고 밥도 사고 음료수도 사기로 했다.

"너, 첨 와 본 티 내면 막 바가지 쓰니까, 암말 말고 나만 따라다녀. 이 언니가 아주 싸게 사 줄 테니까."

채경은 소희를 마치 부모 몰래 성을 빠져나온 공주 취급했지만, 소희는 달밭마을에서 아픈 할머니 대신 장을 본 적이 많았다. 식료품이나 생필품을 사면서 물건값을 깎은 적도 있고, 덤을 얻은 적도 있었다. 소희는 오히려 엄벙덤벙한 채경이 걱정스러웠다. 아무튼 소희는 채경의 공주 취급 덕분에 유행이나 스타일에 대한 무지함을 그럴듯하게 포장할 수 있었다.

채경과 함께 상가를 휘젓고 다니며 한 쇼핑은 재미있었다. 소희는 엄마가 채워 놓은 옷장 속 옷들이 아이들 사이에서 유행하는 스타일과 얼마나 동떨어져 있는지 깨달았다.

둘은 발바닥이 아프게 돌아다니다 카페에 가서 쉬었다. 허니브레드와 시원한 음료로 출출해진 배를 채우며 소희가 말했다.

"그런데 결국은 차 버릴 거라며. 그럴 건데 돈 쓰고 시간 쓰고, 괜한 낭비 아니야?"

"아니! 내 상처받은 자존심을 회복하기 위한 건데 최선을 다해야지."

채경의 의지는 결연했다.

재서와 만나기로 한 날이 다가오자, 쌀뜨물과 우유로 세수를 하고, 다시마 팩과 감자 팩을 번갈아 한 채경의 피부는 여드름 하나 없이 희고 투명했다. 거기다 쌍꺼풀진 큰 눈을 깜빡이면 성안의 공주는 소희가 아니라 채경 같았다. 채경의 말대로 재서가 한눈에 넘어갈 듯했다. 그런 장면을 상상하자 가슴속이 찌르르 아파 왔다. 소희는 이런 감정에 어떤 이름을 붙여야 할지 알지 못했다.

엄마 본가

지훈과 롯데월드에 가기로 한 날이 왔다. 소희는 설레는 것만큼 불편한 마음으로 식당에 내려갔다. 엄마가 할머니 생신이라며 양평에 있는 엄마 본가에 가자고 했는데 거절했기 때문이다. 다른 식구들은 이미 모두 식탁 앞에 앉아 있었다. 아저씨는 귀가가 늦는 편인데도 새벽 모임 같은 특별한 일이 없는 한 거의 가족과 아침 식사를 함께 했다.

"잘 잤니? 소희는 오늘 양평에 못 간다면서?"

아저씨가 먼저 소희에게 아침 인사 겸 말을 건넸다.

"네. 친구들이랑 수행 평가 과제 하는 게 있어서요. 미리 약속해 놓은 거라 저 하나 때문에 바꿀 수가 없어요."

소희는 아저씨에게 눈인사를 하며 대답했다. 엄마한테 한 설명보다 배는 길고 자세했다.

"누나도 할머니 집에 같이 가면 좋은데. 엄마, 누나도 양평 할머니한테 할머니라고 부르는 거 맞지? 이모도 삼촌도 똑같이 부르는 거 맞지?"

우진이 재잘거렸다. 우진은 카메라가 없어진 뒤로 소희가 매몰차게 구는데도 도통 서운해하지 않았다. 어떤 사람이든 그 사람이 가장 좋았던 때, 자기에게 가장 잘해 줬던 때만 기억하는 것 같았다. 소희는 눈치 없는 우진이 짜증이 나다가도 그럴 수 있는 게 부러웠다.

"그럼 맞지."

아저씨가 대신 대답했다.

"그럼 아빠한테도 아빠라고 부르는 거 맞지?"

우진의 물음에 실내 공기가 잠시 단단하게 뭉쳤다. 아직 한 번도 아저씨를 아빠라고 부른 적 없는 소희가 가장 당황했다.

"그럼, 그렇지."

아저씨가 얼른 대꾸했다.

"거 봐, 내 말이 맞잖아."

우진이 맞은편의 우혁에게 의기양양한 목소리로 말했다. 우혁은 우진에게 눈을 흘기곤 시리얼을 퍼먹었다. 우혁이 우진에게 무슨 말을 했을지는 듣지 않아도 짐작이 갔다.

"조용히 하고 빨리 먹어. 소희 너는 몇 시에 나갈 거야?"

"아침 먹고 바로요."

소희는 우혁을 야단치기는커녕 아저씨한테 혼나지 않게 하려고 화제를 바꾸는 엄마에게 차가운 목소리로 대답했다.

"오늘 못 가더라도 방학하면 양평에 다녀와라. 할머니가 얼마나 손녀딸이 보고 싶으시겠어."

아저씨가 분위기를 정리하려는 듯 소희에게 말했다. "네." 하고 대답했지만 소희는 나중에도 가고 싶지 않았다. 엄마 본가 사람들은 어른인 엄마의 행복을 위해 아직 아기인 자기를 엄마로부터 떼어 놓은 사람들이다. 그런 할머니가 곧 돌아가실 만큼 아프든, 마지막 생신 잔치를 하든 상관없다. 소희는 엄마 쪽 식구들이 그렇게 많이 있다는 사실조차 모른 채 외롭게 자랐던 지난 세월이 떠올라 더 화가 났다.

물품 보관함

소희는 옷장에서 아무 거나 꺼내 입었다. 어차피 지하철역 화장실에서 새로 산 옷으로 갈아입을 계획이다. 채경이 알려 준 방법이었다. 옷을 산 날은 엄마가 소희보다 늦게 들어오는 날이어서 쇼핑한 가방을 들고 들어가도 괜찮았지만 롯데월드에 가는 날 아침이 문제였다.

소희는 아직 엄마 몰래 산 옷을 버젓이 입고 나설 배짱까지는 없었다. 채경이 지하철역에 있는 물품 보관함을 알려 주었다.

"화장실에서 갈아입고, 물품 보관함에 넣어 두었다가 나중에 찾으면 돼. 내가 가끔 써먹는 방법인데 옷 산 거 안 걸리려면 그게 최고야. 근데 나는 돈 많이 쓴다고 혼날까 봐 그러는 거고, 너는 좋은 옷 놔두고 시장 패션 입는다고 혼날까 봐 그러는 거잖아. 완전 짜증 나."

소희는 새로 산 옷을 천가방에 담아 들고 아래층으로 내려갔다. 엄마는 방에서 양평에 갈 준비를 하고 있었다. 소희는 문 밖에서 "다녀오겠습니다." 한 뒤 서둘러 집을 빠져나왔다.

막 대문을 나서던 소희는 출근하는 도우미 아주머니와 마주쳤다. 소희가 인사를 하자 아주머니가 물었다.

"사모님 오늘 양평에 가신다고 했는데, 같이 안 가?"

"네. 전 친구들하고 과제할 게 있어서요."

"그래, 잘 다녀와."

소희는 걸어 내려오다가 뒤를 돌아다보았다. 아주머니는 집 안으로 들어가고 보이지 않았다. 없어진 폴라로이드 카메라가 새삼스레 아쉬웠다. 지훈과 사진을 찍어 바로 뽑아 보면 더 재미있을 텐데 하는 생각에 속이 상했다. 우진의 짓이 아니라면, 소희는 자기보다 더 자유롭게 온 집 안을 돌아다니며 빈집에 혼자 있을 때가 많은 아주머니가 의심스러웠다. 하지만 엄마에게 말했다가는 '우리 아줌마는 그럴 사람이 아니야.'라는 소리까지 들을지 몰랐다.

소희는 지훈과 약속한 시간보다 30분쯤 더 이르게 지하철역에 도착했다. 화장실 문을 여는 소희 얼굴엔 긴장감마저 감돌았다. 노는 아이들처럼 밖에서 옷을 바꿔 입는 모습은 상상조차 해 본 적이 없었다. 소희는 뛰는 가슴을 누르며 화장실 안으로 들어갔다. 오버핏 맨투맨 상의와 블랙 스키니진이 갈아입을 옷이었다. 미니 주름 스커트를 사려다가 놀이 기구 탈 때 불편할 것 같아서 스키니진으로 골랐다.

화장실에서 옷을 갈아입는 일이 생각보다 쉽지 않았다. 밖에 있을 사람들이 신경 쓰여 급하게 바지를 입다 넘어질 뻔했다. 겨우 옷을 다 갈아입은 소희는 밖으로 나왔다. 줄 서 있는 사람들, 아니 세상 모든 사람들이 자신을 한심해하는 눈초리로 바라보는 것 같았다.

소희는 세면대로 가서도 거울을 외면한 채 손부터 닦았다. 거품 비누를 이용해 손톱 사이까지 꼼꼼하게 닦은 다음 비로소 거울을 바라보았다. 거울 속에는 평범하면서도 발랄해 보이는 여중생이 있었다. 소희는 가방에서 삼각 비니를 꺼내 썼다. 그러자 훨씬 패션 감각이 있어 보였다. 마지막으로, 사 놓고 한 번도 사용하지 않았던 레드오렌지색 틴트를 바르자 얼굴 전체가 환하게 빛나는 것 같았다.

옷을 고를 때 채경의 도움을 받기는 했지만 소희는 자기 힘으로 완성한 스타일이 마음에 들었다. 그런데도 가슴 밑

바닥에 끈끈이처럼 붙어 있는 불안함과 자괴감은 쉬이 떨쳐지지 않았다. 소희는 거울 속 아이에게 말했다.

'나를 이렇게 만든 건 엄마야. 엄마의 아이들 밖으로 밀어낸 건 엄마라고. 그러니까 엄마가 바라지 않는 행동을 해도 내 잘못이 아니야.'

거울 속 아이가 고개를 끄덕였다. 문득 그동안 자청한 거라고 여겼던 모범생 역할이 실은 보이지 않는 강요 때문이었다는 생각이 들었다. 부모 없이 할머니와 사는 환경이, 할머니한테도 버림받을지 모른다는 두려움이, 동정이나 손가락질이 죽기보다 싫었던 자존심이, 모범생 노릇을 할 때나 대견한 시선으로 바라봐 주는 어른들이……. 보이지 않는 강요는 잠깐 동안 생각해도 줄줄이 떠오를 만큼 많았다.

소희는 스스로에 대한 연민이 울컥 솟구치는 걸 지그시 눌렀다. 이제 상관없다. 강요에 따라 억지로 입고 있었던 모범생 옷은 조금 전 벗어 버렸다. 소희는 그 옷을 쓰레기통에 처박고 싶은 걸 참고 물품 보관함에 넣었다. 그리고 다시는 열지 않을 것처럼 잠가 버렸다.

자유 이용권

옷을 갈아입은 소희는 일탈의 쾌감이 온몸을 휘감는 것 같았다. 엄마를 속이고 남자 친구와 놀러 가려는 스스로가 장했다. 지훈이 뛰어오는 게 보였다. 소희는 다른 사람이 된 듯 팔짝팔짝 뛰며 두 팔을 흔들었다.

'변신한 여자한테 남자가 뿅 간다.'는 채경의 말은 맞았다. 교복 허리는 물론 치맛단 하나 줄여 입지 않았던 소희의 변신에 지훈은 진심으로 놀란 얼굴을 했다.

"너, 오늘 되게 예뻐 보인다."

지훈으로부터 그 말을 듣는 순간 소희는 모든 잡다한 생각이 사라지고 세상에 둘만 남은 기분이 됐다.

롯데월드에 가려면 지하철을 갈아타야 했다. 지훈은 모든 걸 척척 알아서 했고, 소희가 불편할세라 세심하게 신경 썼다. 자리가 나자 지훈은 싫다고 하는 소희를 억지로 앉혔다. 누군가에게 1순위가 되는 건 아주 행복한 일이었다. 잠시 뒤 옆자리가 비자 지훈도 앉았다. 지하철이 흔들릴 때마다 서로의 어깨와 팔과 옆구리가 닿았다. 그럴 때마다 달콤함이 온몸과 마음을 물들였다.

"놀이 기구, 뭘 제일 좋아해? 롯데월드에 몇 번 가 봤어?"

지훈이 물었다. 소희가 한 번도 못 가 봤을 거라곤 생각조차 하지 않았다.

"그, 글쎄 몇 번 갔었는지 기억이 잘 안 나네. 오빠는? 오빠는 놀이 기구 잘 타?"

소희는 당황함을 감추며 얼버무렸다.

"웬만큼 타지, 뭐. 초딩 때 이모한테 연간 이용권을 선물받은 적이 있었거든. 그때 진짜 많이 갔었는데. 친구들끼리도 가고, 기한 끝날 때쯤에는 아까워서 막 혼자 간 적도 있어."

소희는 남들은 초등학생 때 친구끼리도 가고, 심지어는 혼자도 갔었다는 곳에 아직 한 번도 가 보지 못한 걸 들키고 싶지 않았다.

"매직 아일랜드부터 갈까? 아니면 어드벤처부터 갈까?"

지훈은 생각만 해도 신나는 모양이었다. 소희는 롯데월드

홈페이지에서 본 지도를 떠올리며 "어드벤처." 하고 대답했다. 미리 알아보길 잘했다고 생각하며 가슴을 쓸어내렸다. 채경 덕분이었다.

소희는 에버랜드에 초등학교 때 수학여행으로 한 번, 지난봄 작은집 식구들과 한 번 해서 모두 두 번 가 봤다. 소희는 지훈과 함께 갈 롯데월드도 야외라고 생각하며 채경과 옷을 사러 갔을 때 말했다.

"롯데월드에 가면 추울 텐데 두꺼운 걸로 사야겠지?"

"두꺼운 옷은 뚱뚱해 보여서 안 돼. 정 추우면 실내에서만 놀면 되잖아."

채경의 대답이었다.

"시시하게 실내에서만 놀 거면 놀이공원엔 뭐 하러 가?"

"뭐? 너 롯데월드 가는 거 아니었어?"

"맞아."

"그런데 실내가 시시하다니. 너 그렇게 무서운 거 잘 타?"

"그래서가 아니라 실내에서 할 게 뭐가 있다고……."

"롯데월드는 실내 놀이공원인데 실내에서 할 게 왜 없어. 너 디즈니랜드하고 헷갈리는 거 아냐?"

채경이 뜬금없이 디즈니랜드를 들먹였다. 소희는 그곳에 갔었다고 말한 적이 없다. 우진이 오줌 사건 뒤 미안했는지 소희에게 캐릭터 인형이 달린 연필을 준 적이 있었다. 디즈니랜드에 갔을 때 산 거라고 했다. 소희의 필통 속에서 그 연필을 본 채경이 산 곳을 묻기에 '디즈니랜드'라고 대답했을 뿐이다. 채경의 착각을 바로잡다 보면 롯데월드에 가 보지 못한 게 드러날까 봐 소희는 어물쩍 넘어갔다. 그 뒤 소희는 인터넷에서 롯데월드를 검색해 보며 열심히 공부했다.

"그래. 우선 실내에서 놀다가 매직 아일랜드로 가자. 너 아틀란티스 좋아해? 스릴 있기는 그게 짱이잖아."

지훈이 물었다.

"아니, 나 무서운 거 잘 못 타."

소희는 홈페이지를 보기는 했어도 뭐가 뭔지 몰라 그렇게 대답했다.

"아무튼 자유 이용권 예매했으니까 너 타고 싶은 대로 타면 돼."

"알았어. 오늘은 무서운 것도 시도해 볼게."

시도해 본다는 말만으로도 지훈이 활짝 웃었다.

"우리 음악 들을래?"

지훈이 물었다. 소희가 고개를 끄덕이자 지훈은 이어폰 한쪽을 건네주었다. 둘은 나란히 앉아 같은 음악을 들으며 같은 곳을 향해 갔다. 경쾌한 음악에 마음을 실은 채 소희는 속으로 '자유 이용권'이란 단어를 계속 되뇌었다.

자유 이용권, 자유 이용권, 자유 이용권……. 그동안 억눌렸던 모든 것들로부터 벗어나 마음대로 해도 되는 이용권이란 말처럼 여겨졌다.

마법의 공원

지하철역과 연결된 놀이공원은 입구부터 붐볐다. 연인들은 물론 가족 단위나 친구끼리 몰려온 아이들도 많았다. 지훈이 자동 발매기에서 예매한 티켓을 뽑았다.

"예매 안 했으면 한참 기다릴 뻔했네. 고마워, 오빠."

표를 끊기 위한 긴 줄을 보며 소희가 말했다.

"엄마가 예매해 준 거야."

지훈이 어깨를 으쓱하며 말했다.

"엄마한테 내 얘기했어?"

소희의 눈이 동그래졌다.

"그럼. 엄마가 너 어떤 앤지 궁금하대. 오늘 사진도 많이 찍어 오랬어. 엄마한테 우리 사진 보여 줘도 되지?"

소희는 얼결에 고개를 끄덕였다. 엄마와 비밀이 없어 보이는 지훈이 부러웠다. 소희가 엄마에게 바라는 것도 그런 거였다. 그런 사이가 됐다면 오늘 약속을 기꺼이 다른 날로 미루고 가족과 함께 할머니 댁에 갔을 거다. 과제 때문에 가지 못하겠다고 했을 때 엄마가 겨우 한 번 더 권했던 게 생각났다. 소희는 지훈이 미니마우스 머리띠를 사서 머리에 씌워 주었을 때, 엄마 같은 건 없는 듯이 잊고 즐겁게 놀리라 마음먹었다.

신나는 음악 소리가 울려 퍼지는 놀이공원은 높고 투명한 돔 천장으로 덮여 바깥 날씨와는 상관없었다. 춥기는커녕 덥기까지 했다. 그런 줄도 모르고 채경에게 했던 말이 생각나 새삼스레 창피했다. 대강 어떤 곳인지 알아보고 왔는데도 자꾸만 두리번거려졌다. 상상했던 것과 많이 달랐다.

"우선 안에 있는 거부터 다 타고, 밖엔 점심 먹고 나가자."

소희와 지훈은 본격적으로 놀이 기구를 타기 시작했다. 한 가지 탈 때마다 한참씩 줄을 서야 했지만 기다리는 시간마저 재미있었다. 공중으로, 동굴로, 정글 속으로, 물 위로, 물 아래로, 이집트로……. 환상 세계로 모험 여행을 떠난 판타지 소설의 주인공이 된 것 같았다. 모험 여행을 하는 동안 소희와 지훈은 무서워서, 재미있어서, 흥에 겨워서 자신들도 모르게 팔짱을 끼고, 어깨를 감싸 안고, 손을 잡았다. 소희는 지훈과 만나 온 지난 한 달보다 이곳에서 보낸 몇 시간 동안 더 많이 가까워지고 친해졌다.

"벌써 3시야. 배고프지 않아?"

휴대폰을 꺼내 시간을 확인한 지훈이 말했다.

"정말이네. 언제 이렇게 됐지?"

잔뜩 흥분한 데다 중간에 군것질을 해서인지 소희는 배가 하나도 고프지 않았다.

"뭐 좀 먹고 매직 아일랜드에 가자. 뭐 먹을래?"

"오빠는 뭐 먹고 싶은데?"

"일단 푸드 코트에 가 보자."

지훈이 손을 잡았다. 소희는 놀이 기구를 탈 때 얼결에 잡았던 것과는 달리 몸에 손만 있는 것처럼 온 신경이 그곳으로 쏠렸고 가슴이 콩닥콩닥 뛰었다.

"인형 사 줄까?"

지훈이 인형 가게 앞을 지나가다 멈춰 섰다. 갖가지 동물 인형들이 사람 몸집만 한 것에서부터 아주 작은 것까지 가득 쌓여 있었다. 지훈이 큰 인형을 사 주겠다고 했지만 너무 비싼 데다 집으로 들고 가는 것도 신경이 쓰여 소희는 작은 걸 골랐다. 토끼 인형이었다. 달밭마을을 떠날 때 쓰레기를 태우는 불 속에 던져 넣었던 토끼 인형이 생각나서였다.

유치원에서 산타 할아버지-사실은 학교 기사 아저씨라는 것을 나중에 알았지만-로부터 받은 토끼 인형을 소희는 그때까지 가지고 있었다. 할머니가 장날 난전에서 샀을 게 분명한 그 토끼 인형을 어렸을 때는 안고 다니며 놀았고, 커서는 책상 위에 두고 바라보았다. 소희는 오랫동안 친구가 돼 주었던 낡고 때가 묻은 그 인형을 짐 속에 넣을지 말지 고심하다 버리기로 했다. 방이 좁으니 될 수 있는 대로 짐을 줄이라는 작은엄마의 말도 있었고 중학생이나 되면서 낡고 때 묻은 인형을 끌어안고 있는 모습을 사촌 동생들에게 보여 주고 싶지 않았다.

토끼 인형이 불 속에서 사라지는 걸 보면서야 소희는 단순한 물건이 아니라 행복한 기억 중 하나를 버렸음을 깨달았다. 지훈이 사 준 토끼 인형을 두 손으로 감싸자 기억 속에 잠자고 있던 행복한 감정이 깨어나는 것 같았다. 그런 감정을 일깨워 준 남자 친구에게 소희도 무언가를 해 주고 싶었다. 지훈이 커플 휴대폰 케이스를 하자고 했다. 마침 휴대폰도 같은 기종이었다. 둘은 귀여운 그림이 있는 민트색 케이스로 골랐다.

둘은 2층에 있는 푸드 코트에 가려고 올라가는 에스컬레이터를 탔다. 그때 누군가 소희를 불렀다. 채경이었다. 채경이 아이들과 어울려 내려가는 에스컬레이터를 타고 있었다.

소희와 채경은 오늘 적당한 시간에 우연히 만난 것처럼 해서 함께 놀자고 했었다. 그런데 놀라울 만큼 까맣게 잊고 있었다. 소희는 채경과 마주친 게 정말 우연인 듯 반가웠다. 채경이 엇갈려 내려가면서 아래를 가리키며 외쳤다.

"저기로 와!"

소희와 시선이 마주친 재서의 눈이 커다래졌다. 지금까지 아무 연락이 없었던 걸 보면 채경도 너무 재미있어서 소희를 잊고 있었는지 몰랐다. 그건 재서와 잘 돼 간다는 뜻이기도 했다. 소희는 그 순간 고개를 내민 감정이 무엇인지 헤아리는 일을 유보했다.

공개

"어? 영감부 애들 아냐?"

지훈이 내려가는 아이들을 보며 말했다. 그 사이 에스컬레이터는 소희와 지훈을 2층에 데려다 놓았다.

"너도 채경이 오는 거 몰랐어?"

지훈이 신기해하며 소희를 바라보았다.

"전에 이야기했었는데 깜빡 잊고 있었어. 1층으로 오라는데 어떻게 해?"

"너는 어쩌고 싶어?"

남자 친구와의 즐거운 시간에 다른 무엇이 끼어드는 게 싫음과 동시에 남들에게 보여 주고 싶은 마음이 팽팽했다.

"오빠 하고 싶은 대로 해."

소희는 결정을 지훈에게 맡겼다.

"애들이 다 봤는데 안 가면 더 이상하겠지? 기왕 이렇게 된 거 애들한테 우리 사귀는 거 공개할까?"

지훈 역시 아이들에게 둘 사이를 자랑하고 싶어 하는 것 같았다.

"이미 알고 있을지도 몰라."

소희의 말에 지훈도 채경을 떠올렸는지 고개를 끄덕이며 웃었다.

소희는 지훈과 손을 잡고 내려가는 에스컬레이터에 탔다. 며칠 전 횡단보도에서의 일 때문에 지훈과 사귀는 걸 눈치챘을지 모르지만 소희는 재서의 반응이 가장 궁금했다. 에스컬레이터 옆에서 아이들이 기다리고 있었다.

"헐, 대박! 둘이 사귀는 거임?"

소희와 지훈이 다가가자 준영이 놀란 얼굴로 말했다. 지훈이 대답 대신 웃으며 준영을 주먹으로 툭 쳤다. 소희는 채경을 보는 척하면서 재서의 표정을 살폈다. 뾜쭘한 표정만으로는 속내를 헤아리기 어려웠다. 채경이 두 손으로 엑스 자를 만들며 자기가 말하지 않았음을 호소했다. 소희는 고개를 끄덕여 주었다.

"와, 정소희 너 진짜 왕 내숭이다. 채경이 너도 그렇고. 니가 몰랐을 리 없잖아."

가윤은 소희보다 채경에게 더 서운한 표정이었다.

"미안해. 내가 입이 좀 무겁잖아."

채경의 차분한 목소리에 소희는 자기도 모르게 웃었다. 그동안 재서에게 온갖 왈가닥 노릇을 다 보여 줬으면서 새삼스레 얌전한 척하는 채경이 우습기도 하고 귀엽기도 했다.

"내가 알리지 말자고 해서 그런 거니까 소희한테 뭐라 하지 마."

지훈이 나섰다.

"와, 편드는 거 봐. 형, 벌써 잡힌 거야?"

준영이 놀렸다.

"언제부터 사귄 거야? 누가 먼저 고백했어? 오늘 딱 걸린 소감이 어때?"

가윤도 거들었다.

"왜들 이래. 한턱 쏠 테니까 좀 봐주라."

지훈이 웃으며 비는 시늉을 했다.

"아싸! 신난다!"

가윤이 손뼉을 쳤다. 준영과 가윤은 벌써 스낵 코너로 달려갔고 채경이 쭈뼛거리는 재서를 이끌었다.

"너무 무리하는 거 아니야? 재들 엄청 먹을 거 같은데."

소희가 걱정스러운 얼굴로 지훈을 보았다.

"괜찮아. 오늘 아빠한테 용돈 따로 받았어."

순간 소희는 자기 혼자 서늘한 그늘 속에 남겨진 기분이 들었다. 과제한다고 거짓말하고 나온 자신과 비교됐다. 어둠 속에서 환하고 따뜻한 불이 새어 나오는 남의 집 창문을 바라보는 듯한 느낌이 선명했다.

여러 가지 스낵과 음료수가 탁자 위에 놓였다. 지훈은 아이들이 놀리거나 말거나 소희 햄버거의 포장을 벗겨 주고 케첩을 짜 주었다. 그 덕분에 소희는 서늘함에서 벗어날 수 있었다. 지훈의 행동에 노골적으로 웩웩거리는 준영에게 가윤이 보고 배우라며 핀잔을 줬다. 채경은 입을 오물거리며 최대한 예쁜 모습으로 햄버거를 먹었고 재서는 잠자코 감자튀김만 집어먹고 있었다.

소희는 지훈과 재서가 따로는 서로 말을 하지 않는 걸 알아차렸다. 계속 눈여겨보았지만 특별히 사이가 나쁜 것 같지는 않았다. 동갑인데 선후배가 됐으니 둘 다 편치는 않으리란 짐작이 들었다.

롤러코스터

"선배, 근데 소희 수준 맞추려면 벅차지 않아요?"

가윤이 지훈에게 불쑥 물었다. 모두 어리둥절한 얼굴로 가윤을 바라보았다.

"소희, 얘네가 집도 부자고 명품 취향이라면서요."

소희가 미간을 찌푸리며 채경을 보았다.

"오해하지 마. 난 니가 그런데도 티 안 내고, 척하지 않는 게 좋다고 한 거야."

채경이 두 팔을 내저었다. 소희는 채경의 진심을 알았지만 이런 이야기로 화제의 중심이 되는 게 불편했다.

"그런 게 무슨 상관이야? 내가 처음에 소희한테 관심 가진 건 영화 취향이 같아서지만 지금은 그냥 다 좋아."

하지만 그때 소희는 영화에 관한 취향이랄 것도 없는 상태였다. 부랴부랴 인터넷에서 찾아보고, 디졸브로부터 얻은 상식이 다였다.

"그리고 채경이 말대로 소희는 그런 거 티 내는 유치한 애 아니야."

지훈이 딱 부러지게 말하곤 '내 말이 맞지?' 하는 얼굴로 소희를 바라보았다. 소희는 그 눈길을 당당하게 마주 볼 수가 없었다. 그동안 얼결에, 때로는 의도적인 거짓으로 자신을 포장해 왔음을 분명하게 깨달았기 때문이다.

소희는 순간 투명한 대형 풍선에 갇혀 공중으로 날아오르는 느낌이 들었다. 상상인데도 실제로 날아오른 듯 속이 울렁거렸다. 풍선 안에는 공기 대신 소희가 그동안 말하고 행동했던 거짓들이 가득 차 있었다. 언제 거짓말의 부피를 이기지 못한 풍선이 터져 자신을 바닥에 내동댕이칠지 몰랐다. 무서웠다. 소희는 허겁지겁 아이들 틈에 끼어들어 더 많이 떠들고 웃었다.

소희와 지훈의 합류와 간식 덕분에 새로운 활기를 얻은 아이들은 마지막으로 다 함께 야외에 있는 놀이 기구를 타기로 했다.

"이제 기말고사 땜에 스트레스 팍팍 받을 텐데 신나게 스트레스 풀고 가야지."

준영의 말에 아이들의 열의가 불타올랐다. 소희도 이번 기말고사에서는 지난 시험 때의 실수를 만회해야 한다.

밖으로 나가 찬 바람을 쐬자 메슥거리던 속이 조금 진정되는 것 같았다. 유럽의 성 같은 건물들이 있는 야외 놀이공원에는 실내보다 더 높고 더 움직임이 큰 놀이 기구들이 있었다. 스릴이나 공포의 수준을 나타내는 비명 소리가 여기저기서 울려 퍼지고 있었다.

소희는 채경과 함께 화장실부터 갔다.

"너 어디 아파? 얼굴이 하얘."

손을 씻으며 채경이 걱정스러운 얼굴로 말했다.

"계속 실내에만 있어서 그런가 봐. 바람 쐤더니 괜찮아. 너랑 재서 이야기나 해 봐. 나한테 연락도 안 할 만큼 잘돼 가는 거야?"

소희가 화제를 돌렸다.

"연락 안 한 건, 생각해 보니까 재서랑 지훈 오빠랑 나이가 같잖아. 준영이야 재서가 친구 먹자고 해서 편하게 지내지만 지훈 오빠랑은 동아리 시간에도 서먹한 것 같더라. 그래서 니네 여기 왔다는 이야기 안 했어."

소희는 평소답지 않게 속 깊은 생각을 한 채경이 다시 보였다. 누군가를 좋아하면 상대방에 대한 배려와 이해도 좋아하는 만큼 깊어지나 보다. 소희는 지훈에 대한 자기 마음의 깊이를 가늠해 보았다. 지훈이 자신을 잘못 알고 있는 만큼 둘 사이에 피어오르고 있는 감정도 허술하고 불안정하게 여겨졌다.

"내 연락 기다렸어? 미안해."

"아냐. 나도 노느라고 바빴어. 그건 그렇고 재서랑 사귀기로 한 거야?"

"아직은. 준영이가 오면서 슬쩍 떠봤다는데 여친 사귈 마음이 없다고 했대. 나도 오늘은 마음 비우고 놀기로 했어. 내가 어떤 앤지는 차차 보여 주려고."

채경은 재서가 자기를 좋아하게 만든 다음 차 버릴 거라고 큰소리치던 때와는 달리 진지했다.

"니네 커플 핸드폰 케이스 한 거지? 재서랑 난 언제 이렇게 되냐?"

채경이 부러운 얼굴로 소희의 휴대폰을 보았다. 소희는 오히려 자신이 어떤 애인지 재서에게 당당하게 보여 줄 수 있는 채경이 부러웠다. 머리와 속눈썹 파마를 하고, 귀를 뚫고, 옷을 새로 사 입기는 했지만 자기 게 아닌 것들로 포장하지는 않았다. 그리고 무엇보다 누군가를 좋아하며 성숙해져 가는 모습이 부러웠다.

"재서도 니 진심을 아는 날이 올 거야."

소희도 진심으로 채경과 재서가 잘되기를 빌어 주기로 마음먹었다. 둘이 잘되면 이름을 붙일 수 없는 미묘한 감정 따위는 깨끗이 정리될 거다.

"그렇겠지? 재서, 같이 놀아 보니까 은근히 재미도 있고 매너남이야. 내가 사람 보는 눈이 있다니까."

채경은 평소의 모습으로 돌아가 쾌활하게 말했다.

"타기 싫으면 나랑 다른 거 하고 놀아도 돼."

자이로드롭을 타러 가며 지훈이 말했다.

"아니, 탈래."

소희는 마법의 공원에 좀 더 머물고 싶었다. 한참을 기다린 끝에 차례가 돼 아이들은 놀이 기구의 자리에 앉았다. 아파트 25층 높이까지 올라갔다 떨어진다고 했다. 작은집이 12층이었으니 그보다 배는 되는 높이였다. 12층에서도 아래를 내려다보면 아찔한 느낌이 들었는데 2배라니…….

기구가 서서히 올라가기 시작했다. 소희는 눈을 감았다. 잠시 뒤 높은 곳에서 떨어질 걸 생각하자 땅에서 하던 고민들이 하찮게 여겨졌다. 기구가 멈춘 느낌이 들어 눈을 살짝 떴던 소희는 공중에 덩그러니 나앉은 듯한 상황에 도로 질끈 감았다. 그러곤 마음 준비를 할 틈도 없이 아래로 떨어졌다. 그때의 기분을 그린다면 몸에서 쑥 빠져나온 심장이 공중에서 덜렁거리는 초현실주의풍 그림이 될 거다.

소희는 비명을 질러 댔다. 목이 찢어질 정도로 소리를 질렀지만 다른 아이들의 비명에 묻혀 표시도 나지 않았다. 발이 땅에 닿았을 때 소희는 높은 곳에 빼놓고 온 게 심장이 아니라 생각인 양 복잡하던 머릿속이 단순해졌음을 느꼈다. 사람들이 무서운 놀이 기구에 열광하는 이유를 알 것 같았다.

소희는 아틀란티스도 탔다. 자이로드롭이 한 번의 긴장과 스릴로 끝나는 기구라면 오르막길과 내리막길, 캄캄한 길과 평평한 길들이 뒤섞여 있는 롤러코스터는 마치 한 사람의 생애를 체험하는 기구 같았다. 누구에게나 인생 전체, 또는 기간별로 롤러코스터 같은 부침이 있을 거다. 태어난 지 15년째인 자신의 삶, 또는 오늘 하루 속에서의 자신의 삶은 어느 위치에 놓여 있는지 생각해 볼 겨를도 없이 롤러코스터는 소희의 머릿속과 오장육부를 뒤흔들었다.

폭풍우를 뚫고 나온 사람처럼 휘청거리며 롤러코스터에서 내리자 모든 조명이 켜진 공원 풍경이 눈에 들어왔다. 조명으로 공원 안은 낮과는 또 다른 새로운 환상의 세계가 됐다. 첫눈에는 대단하고 화려한 것 같지만 자세히 보면 인공적이어서 조금은 유치하게도 느껴지던 시설물과 놀이 기구들이 마법에 걸린 것처럼 신비롭게 바뀌어 있었다.

똑같은 공간인데 조명만으로 이렇게 바뀌는 걸 보니 사람 마음도, 마음 자체가 바뀌는 게 아니라 어떤 빛을 어느 부분에 비추는가에 따라 다르게 여겨지는 것 같다. 소희를 향한 조명이 이제 파티는 끝났다는 듯 마음의 가장 어둡고 씁쓸한 부분을 비추고 있었다. 소희는 곤두박질칠 일만 남은 롤러코스터 위에 앉아 있는 기분이었다. 그 롤러코스터의 종착지는 집이다.

족쇄

내릴 역이 다가오고 있었다. 지하철역에서 옷을 갈아입어야 하는 소희는 초조해졌다.

"오빠도 피곤할 텐데 오늘은 그냥 역에서 헤어지자."

소희가 말했다. 다시는 입지 않을 것처럼 옷을 물품 보관함에 처넣었지만 아침과 다른 차림으로 집에 들어갈 용기가 없었다.

"무슨 소리야. 집까지 바래다줘야지."

지훈은 완벽한 남자 친구 역할이 거기까지라고 확신하고 있었다. 소희는 자기 상황을 알고 있는 채경이 도와주리라 기대했지만 그 애는 잔뜩 들떠 친구의 사정 같은 건 안중에도 없는 듯했다.

"재서야, 나는 준영이랑 갈 테니까 니가 채경이 바래다줘."

가윤이 등을 떠밀어서인데도 채경은 재서와 함께 가는 게 마냥 좋은 얼굴이었다.

역에서 마을버스를 타고 집으로 가는 동안 소희는 불안하고 초조해 지훈이 무슨 말을 하는지 들리지 않았다. 지훈은 피곤하기 때문이라고 생각해 주었다. 소희는 두 번이나 걸려 온 엄마 전화를 받지 않았다. 차가 밀려 좀 늦을지 모른다는 메시지에 소희는 한시름 놓았다. 엄마보다 먼저 집에 가면 옷을 갈아입지 않아도 된다. 물품 보관함에 넣어 둔 옷은 내일 찾으면 되고.

식구들 신발을 본 소희는 가슴이 철렁하고 내려앉았다. 다행히 거실에는 아무도 없었다. 방금 돌아와 샤워 중일 수도 있다. 부랴부랴 2층으로 올라간 소희는 소파에 앉아 있는 엄마를 보곤 놀라 멈춰 섰다. 센서 등이 꺼지고 천천히 일어난 엄마가 거실 불을 켰다. 우혁은 자는지 조용했다. 엄마가 가라앉은 목소리로 물었다.

"지금 어디서 오는 거니?"

복잡한 표정이었다.

"수행 평가 과제하러 갔었다고 했잖아요."

옷차림을 들켜 버리자 소희는 오히려 될 대로 되라는 배

짱이 생겼다.

"이렇게 늦게까지 과제를 했다고? 그 옷은 뭐야?"

더는 노력하지 않겠다고 결심했던 게 생각났다.

"애들이 내 옷이 촌스럽다고 해서 샀어요. 내 용돈으로 산 거니까 상관없잖아요."

소희가 엄마를 똑바로 바라보았다. 반항하는 기분이 나쁘지 않았다. 모범생 옷을 물품 보관함에 집어넣을 때의 쾌감이 되살아났다.

"촌스럽다니. 그 옷들은 전부,"

"다 비싼 옷이란 거 알아요. 근데 비싸다고 좋은 건 아니잖아요. 애들이 내가 요즘 유행을 너무 모른다고 놀려서요."

소희는 엄마의 말을 자르며 대꾸했다.

그때 자는 줄 알았던 우혁이 욕실에서 나왔다. 소희의 태도에 놀란 얼굴이었다. 잠옷 차림의 우혁을 비웃듯이 봐 준 뒤 소희가 말했다.

"이제부터 내 옷은 내가 사 입을게요. 다른 애들은 다 그렇게 하거든요."

엄마가 소희를 바라보고 서 있는 우혁에게 말했다.

"우혁아, 늦었어. 들어가서 자."

우혁이 소희를 한 번 노려보더니 자기 방으로 들어가 문을 쾅 닫았다.

"네 방에서 얘기 좀 하자."

엄마가 일어섰다. 소희가 늘 바라던 바였다. 하지만 누군가에게 무엇을 주려면 그 사람이 필요로 할 때 주어야 하는 법이다. 이제 소희는 엄마와 이야기하는 걸 원치 않았고 뻔할 내용에 대한 반감까지 생겼다. 엄마는 소희에게 책상 의자를 빼내 주곤 침대에 앉았다. 소희는 가방을 책상 위에 던지듯이 놓고 의자에 비스듬히 앉았다. 잠시 소희를 바라보던 엄마가 입을 열었다.

"너한테 실망이다."

기대하지 않았으면서도 소희는 울컥했다.

"뭘요? 뭘 실망해요? 숙제한다고 거짓말하고 딴짓해서요? 엄마가 사 준 비싼 옷을 지하철역에서 싸구려 옷으로 바꿔 입어서요?"

스스로도 놀랄 만큼 거침없이 말이 튀어나왔다. 엄마의 얼굴이 하얗게 질린 채 굳어졌다.

그때 메시지 알림음이 울렸다. 지훈이나 채경일 거다. 소희는 휴대폰을 꺼내다 가방 속에 들어 있는 토끼 인형과 머리띠를 보았다. 답답하고 어두운 가방 속에서 떨고 있을 토끼가 자신의 분신 같았다. 휴대폰에는 지훈의 메시지와 함께 하트 이모티콘이 찍혀 있었다.

"또 실망할 거 알려 드려요? 그동안 엄마 몰래 남친도 사귀었어요. 남친한테 오늘 즐거웠다고 메시지 온 거예요."

엄마와 친구처럼 도란도란 나누고 싶었던 이야기를 소희는 분노에 차서 쏟아 놓았다.

"너, 진짜 못됐구나. 그동안 네가 이런저런 거짓말한다는 거 알았어도 널 안쓰럽게 생각해서 그냥 뒀어. 그런데 지금 네 행동은 뭐야? 너 이런 애였어?"

엄마가 목소리를 떨며 말했다.

'거짓말하는 걸 알았다고?'

채경과 통화했을 때 알았나 보다. 엄마는 소희가 잘 적응하는지 물었을 테고, 채경은 안 해도 될 이야기까지 재잘재잘 떠들어 댔을 것이다. 채경이 잘못 알고 있는 것들을 엄마에게 말했다면. 그런데 엄마라면 딸이 왜 거짓말을 했는지 그때 물어봤어야 했다. 알고 있음을 밝히고 따끔하게 야단쳤어야 했다. 모른 체하고 있다가 뒤통수를 치는 엄마에게 소희는 거짓말을 했다는 부끄러움보다 화가 치밀었다.

"아뇨. 이런 애 아니었어요. 거짓말 같은 건 해 본 적도 없고 누구한테나 칭찬받는 모범생이었어요. 그런데 애들은 내가 불쌍한 고아 주제에 모범생인 게 재수 없나 봐요. 전학 와서까지 그런 취급받는 거 싫었어요. 고맙게도 엄마가 그럴듯하게 포장해 줬어요. 비싼 옷과 학용품, 아침마다 데려다주는 자가용 같은 것들로요. 아, 성도 바꿔 줬고요. 그러다 보니 어쩔 수 없이 걸 포장에 어울리는 거짓말을 해야 했어요. 그게 내 잘못이에요? 애들한테 시골에서 할머니랑 살다가, 작은집에 얹혀살다가, 지금은 재혼한 엄마 집에서 살고 있다고, 내가 가진 것들은 다 나랑 상관없는 거라고 말했어야 해요?"

소희 입에서 거센 폭포수처럼 말이 쏟아져 나왔다. 침대에 걸터앉아 있던 엄마가 휘청하고 흔들리는 것 같았다. 소희의 눈빛이 그런 엄마를 뚫고 나갔다.

"이 집에 와서도 엄마하고 식구들한테도 칭찬받는 모범생이 되고 싶었어요. 그런데 엄마가 날 봐 준 적 있어요? 늘 눈치 보고 주눅 들게 만들잖아요. 아기 때 팽개쳐 놓았다 이제 겨우 데려와 놓고선 어떻게 그럴 수가 있어요? 이럴 거면 왜 데리고 왔어요?"

소희 가슴속에 가시처럼 박혀 있던 말들이 튀어나와 엄마에게로 날아갔다. 가시들조차 지탱해 주는 힘이었는지 그 말이 떠나간 자리마다 휑한 구멍이 생겼고 그 사이로 찬 바람이 불었다. 통증이 느껴지는 듯 엄마의 얼굴이 일그러졌다.

"너는 그동안 내 족쇄였어."

엄마 입에서 힘겹게 나온 말이었다. 소희가 부르르 떨며 일어섰다.

"내가 뭘 어쨌는데요? 엄마가 이런 집에서 호강하며 살고 있을 때 난 시골구석에서, 또 작은집에서 찌그러져 살았는데요. 다른 애들이 뛰어놀고 공부할 때 할머니 병간호하고, 집안일하고, 미용실에서 손님 머리 감기면서 살았다고요. 그러면서도 단 한 번도 엄마를 원망하지 않았어요. 그리워해 본 적도 없을 만큼 엄마는 나한테 없는 사람이나 마찬가지였어요. 그런 내가 엄마 족쇄였다고요?"

엄마에게 얼굴을 들이대며 소리친 소희는 자기 상처를 스스로 후벼 파는 것에 짜릿함을 느꼈다. 그런데, 아프지도 않은데 눈물이 쏟아졌다. 엄마 앞에서 결코 눈물 따위를 보이고 싶지 않았지만 마음대로 되지 않았다.

"그래. 두고 온 그 순간부터 너는 내 삶의 족쇄였어. 너를 잃듯이 또 우혁이, 우진이를 잃을까 봐 죽은 듯이 살았어."

엄마는 껍데기만 앉아서 주어진 대사를 읊조리는 것 같았다. 한밤중에 보았던 풍경이 섬광처럼 지나갔다. 소희는 더는 말하지 못했다. 자기가 그 장면을 보았다는 걸 알면 이미 넋이 나간 엄마의 육신이 폭삭 무너져 버릴 것 같았다. 한동안 침묵이 이어졌다.

그때 밖에서 아저씨 목소리가 들려왔다.

"여보, 이제 그만해. 애가 늦을 수도 있지, 뭘 그렇게 오래 잡아."

엄마에게 혼나는 아이의 역성을 드는 여느 아빠 같았다. 순간 적개심이 끓어오른 소희는 벌떡 일어나 방문을 열어젖혔다. 갑작스러운 기세에 아저씨가 한 걸음 물러섰다. 하지만 아무 말도 할 수 없었던 소희는 문을 연 채 엄마를 보았다. 엄마가 그림자처럼 일어나서 방을 나갔다.

문이 닫힌 뒤 소희는 그대로 침대 위에 쓰러졌다. 이제 모두 끝났다는 두려움이 엄습해 왔다. 엄마에게 속엣말을 퍼부어 댔지만 시원하지 않았고, 엄마로부터도 자신이 족쇄였다는 말밖에 들은 것이 없다. 해결된 것 없이 도리어 상처만 헤집은 꼴이 됐다. 엄마가 다시 작은집으로 돌아가라고 할 것 같았다.

전리품

자신이 엄마의 족쇄였다는 말은 소희의 일상은 물론 꿈속까지 따라다녔다. 할머니의 짐이나 작은집의 거치적거리는 돌멩이 같은 존재라고 여길 때보다 더 비참했다. 엄마에게조차 그런 존재가 되는 게 견딜 수 없어 자다가 벌떡 일어나 가방을 싼 적도 있었다.

하지만 시간이 지날수록 비참한 감정이 옅어져 갔다. 내성이 생겨서가 아니라 어느 날 문득 깨달은 생각 하나가 자리를 넓혀 갔기 때문이다. 떨어져 산 내내 엄마 삶을 옥죄는 족쇄였다는 말은, 소희를 한시도 잊은 적 없다는 고백이기도 하다. 그 생각은 냉기로 가득 찼던 소희의 마음을 가장 깊은 곳부터 서서히 데우기 시작했다.

소희는 그날 이후 엄마와 자신 사이를 가로막았던 커다란 기둥 같은 게 뽑혀 나갔음을 느꼈다. 겉으로 보기에는 그 자리에 여전히 같은 형상의 물체가 있었으나 딱딱한 고체가 아니라 기체 덩어리였다. 소희는 단단한 기둥으로 보이는 그곳에 슬그머니 손을 넣어 휘저어 보기도 하고 발을 디밀어 보기도 했다. 그리고 간혹 기체 기둥마저 형체도 없이 흩어지는 순간이 있었다. 그럴 때면 새롭게 시작되는 관계가 주는 설렘이나 흥분을 느꼈다.

그 생각에 입꼬리가 실룩거릴 때마다 채경은 소희가 지훈 생각에 푹 빠졌다고 놀렸다. 소희는 일단은 모든 생각을 접어놓고 시험공부에만 전념하기로 했다. 상황이 어떻게 바뀌었든 자신을 증명해 보일 거라곤 여전히 성적밖에 없었다. 지난번 실수를 보란 듯이 만회하고 싶었다. 엄마 집에 온 뒤 처음으로 소희는 안정감을 가졌다.

기말고사가 일주일 뒤로 다가왔다. 목요일과 금요일, 그리고 그다음 주 월요일과 화요일, 나흘간이었다. 소희는 토요일에도 학원에서 기말고사 대비 특강을 듣고 자습실에서 공부를 하다가 8시 반쯤 집으로 돌아왔다. 엄마가 소희를 보더니 "왔니?" 하곤 주방으로 들어갔다. 간식을 준비하려는 거다.

자기 방으로 간 소희는 가방과 외투를 벗어 놓고 화장실에서 손을 씻었다. 거실로 나가는데 우혁이 책장 앞에서 당황한 표정으로 돌아다보았다. 발밑에 폴라로이드 카메라가 책 두어 권과 함께 떨어져 있었다. 소희는 멍해졌다. 우진과 아주머니까지 의심했지만 우혁의 짓일 거라곤 생각지도 못했다. 이 집에서 가장 자신을 싫어하는 우혁을 한 번도 의심해 보지 않았다니. 우혁이 허둥지둥 카메라를 주워 들었다.

"니 짓이야? 그거 이리 내."

소희가 달려들었지만 오랫동안 검도를 한 우혁은 만만치 않았다. 그동안 우혁 때문에 받았던 스트레스와 상처들이 이성을 마비시켰다. 소희는 우혁과 뒤엉켜 몸싸움을 했다.

"이게 무슨 짓들이야!"

엄마가 외쳐서야 우혁에게서 떨어진 소희는 바닥에 있는 카메라를 주워 들었다.

"그게 뭐야?"

엄마가 놀라 물었다.

"엄마 아들이 가져간 거네요."

소희는 카메라를 쳐들곤 비웃음을 흘렸다. '우리 애들'은 '족쇄'로도 상쇄되지 않을 만큼 여전히 깊은 상처로 남아 있었다.

"정우혁, 어떻게 된 건지 이야기해 봐. 누나 카메라, 네가 가져간 거였어?"

우혁은 고개를 숙인 채 대답하지 않았다.

"누나 카메라 왜 가져간 거야? 어서 말 안 해? 아빠 앞에 가서 이야기할까?"

그제서 우혁이 잔뜩 볼멘소리로 말했다.

"나, 누나 싫어. 그래서 감췄어."

"방에서 못 봤는데, 어디다 감춰 뒀던 거야?"

엄마가 한숨과 함께 물었다. 우혁이 책장을 가리켰다. 책 뒤에 숨겨 두었던 모양이다. 카메라 때문에 끌탕을 하고, 그로 인해 겪었던 일들을 생각하면 소희는 엄마가 우혁을 더 강하게 혼내지 않는 게 못마땅했다.

"누나가 왜 싫은 건데? 누나가 너한테 뭘 어쨌다고."

서글프기까지 한 엄마 목소리에는 야단을 치겠다는 의지가 담겨 있지 않았다.

"엄마는 누나한테 꼼짝 못 하고, 아빠도 누나한테만 잘해 주고, 우진이도 누나만 좇아다니고. 내가 시험 못 보면 막 혼내면서 누나한테는 카메라도 사 줬잖아!"

우혁의 입에서 그동안 한 번도 듣지 못했던 '누나'라는 단어가 마구 쏟아져 나왔다. 소희는 말의 내용보다 그게 더 귀에 들어왔다. 온갖 감정으로 팽팽하게 부풀어 올랐던 소희 마음에서 피시식하며 바람이 빠져나갔다. 우혁은 제대로 알고 있는 게 하나도 없었다. 그동안 대치해 온 적이 한낱 어린애송이임을 안 장수처럼 어이없고 맥 빠지는 기분으로 소희는 돌아섰다. 그때 우혁이 발을 구르며 소리쳤다.

"꺼져! 이 거지야, 우리 집에서 나가!"

소희가 얼음 동상처럼 굳었던 몸을 천천히 되돌린 것과 동시에 엄마가 우혁의 등을 때렸다.

"너 그게 누나한테 무슨 말이야? 어서 사과해!"

엄마가 격앙된 목소리로 말하며 우혁을 계속 때렸다. 우혁이 혼나길 늘 바랐지만 소희는 시원하거나 고소하다는 생각이 조금도 들지 않았다. 오히려 자신이 맞은 것처럼 비틀거렸다.

"싫어! 안 해! 이 도둑놈아, 어서 꺼지라고!"

우혁은 아까보다 더 크게 소리쳤다. 소희를 향한 분노와 미움에 찬 눈빛이 온몸을 태워 버릴 기세였다. 그 애에게 자신은 거지이고 도둑 같은 존재였을 뿐이다. 우혁이 그동안 보여 왔던 무시나 경멸의 눈빛은 모두 진심이었다. 소희는 우혁이 떠밀기라도 한 듯 뒤로 물러섰다. 엄마가 부르는 소리에도 멈추지 않고 계단을 뛰어 내려갔다.

우혁으로부터 무엇을 빼앗았다고 생각해 본 적은 없었다. 아저씨의 너그러움은 애정이라기보다는 배려였고 엄마도 우혁의 편이라고 느껴 왔기 때문이다. 하지만 우혁을 보니 소희는 자신에게서 카메라를 훔쳐 간 것보다 더 많은 걸 그 애로부터 빼앗은 기분이었다.

정원을 가로질러 뛰던 소희는 그때까지 들고 있던 카메라를 대문 옆 정원석에 올려놓았다. 상처뿐인 전쟁에서 얻은 전리품이었다.

거리

집을 나와 정처 없이 걷던 소희는 학교 근처에서 걸음을 멈췄다. 이 동네에서 자신 있게 아는 데라곤 학교 부근밖에 없었다. 소희는 속으로 파고드는 한기를 느끼며 후드 티와 청바지 차림인 자기 모습을 내려다보았다. 휴대폰은 방에 벗어 둔 외투 주머니에 들어 있다. 소희는 바지 주머니를 뒤졌다. 학원 매점에서 간식을 사 먹고 거슬러 받은 2000원이 들어 있었다. 그 돈이라도 있는 게 다행이었다. 소희는 추위를 피해 피시방으로 들어갔다. 전에 온 적이 있는 곳이었다.

지금 심정으로는 어떤 결정도 내리기 힘들었다. 우혁의 분노에 찬 눈초리가 있는 집으로 갈 수 없다는 것만 분명했다. 고모네 집과 작은집에도 이런 모습으로 갈 수는 없다. 도움을 청할 상대로 채경과 지훈이 떠올랐지만 지훈은 첫 번째로 제외됐다. 환하고 따뜻한 실내에 있을 지훈에게 이런 모습을 보여 주고 싶지 않았다. 채경에게도 어떤 핑계를 대고, 무슨 도움을 요청할 건지 좀 더 생각해 본 다음 연락하기로 했다.

자리를 잡고 앉은 소희는 모니터의 바탕 화면을 바라보았다. 포털 사이트와 메신저, 게임 등으로 바로 가는 아이콘 중 어느 걸 클릭해야 할지 길 잃은 사람처럼 막막했다. 소희는 채경에게 어떤 핑계를 댈지 정하지 못했으면서도 메신저를 열었다. 채경과 지훈 모두 들어와 있지 않았다.

소희는 달리 갈 곳이 없어 블루스크린으로 들어갔다. 언제나처럼 디졸브가 있었고 말을 걸어왔다.

디졸브 : 시험공부 안 해요?

하늘말나리 : 집 나왔어요

소희는 디졸브 한 사람만에게라도 있는 그대로 말하고 싶었다.

디졸브 : ???

하늘말나리 : 동생이 꺼지라고 하더라구요. 내가 싫대요. ㅋㅋㅋ

디졸브 : 지금 어디예요?

하늘말나리 : 피시방이요

디졸브 : 무슨 피시방인데요

하늘말나리 : 님이 피시방 다 알아요?

디졸브 : 어디예요? 10시에는 피시방에서 나가야 하는 거 알죠?

하늘말나리 : 네? 왜요?

디졸브 : 청소년은 그때까지밖에 못 있어요

하늘말나리 : 네? 그런 게 있어요??? ㅠㅠㅠ

소희는 그 사실을 몰랐다. 10시에는 집으로 돌아가라는 의미겠지만 집 나온 청소년인 소희는 피시방에서조차 반겨주지 않는 상황이 두려워졌다.

디졸브 : 무슨 피시방이에요?

하늘말나리 : 사, 사이버 스페이스요

디졸브 : 버스 정류장 앞에 있는 거요?

하늘말나리 : 네…

디졸브 : ㅇㅋ. 30분 만 기다려요

정체

소희가 뭐라고 할 새도 없이 디졸브가 채팅창에서 나갔다. 얼떨떨했던 소희는 무서워졌다. 그동안 디졸브에게 온갖 속내를 털어놓을 수 있었던 건 물리적 거리와 상관없는 사이였기 때문이다. 디졸브를 30분 뒤에 만난다고 생각하자 겁이 났다. 시계를 보니 9시 35분이었다.

디졸브는 소희가 막연히 상상해 온 것처럼 영화감독을 꿈꾸는, 이야기를 잘 들어 주는 착한 고등학생 오빠가 아니라 온종일 게임과 채팅에 절어 사는 이상한 사람일지 몰랐다. 채팅으로 알게 된 사이에서 일어나는 범죄 사건이 줄줄이 떠올랐다. 소희는 순순히 피시방 이름을 가르쳐 준 게 후회가 됐다. 아무리 사정이 급해도 정체를 모르는 디졸브와 만날 수는 없었다.

안절부절못하던 소희는 문득 떠오른 생각에 피식 웃었다. 둘은 서로의 얼굴을 몰랐다. 디졸브가 온다고 해도 알지 못할 것이며, 혹시 말을 걸어와도 아닌 척하면 그만이다. 디졸브보다 더 무서운 건 시간이다. 소희는 여전히 로그아웃 중인 채경에게 10시 전에 연락 달라는 메시지를 보냈다.

잠시 뒤, 청소년은 귀가하라는 안내 방송에 이어 10시가 되자 '이제는 우리가 헤어져야 할 시간~' 하는 음악이 나왔다. 칸마다 박혀 있던 아이들이 우르르 일어섰다. 그 아이들의 얼굴엔 게임을 더 하지 못하는 아쉬움이 있을 뿐이지 소희처럼 갈 곳이 없는 절박함은 보이지 않았다.

피시방을 나온 소희는 어디론가 가야 했지만 건물 입구에서 한 발자국도 더 내디딜 수 없었다. 피시방 앞에 서 있으면 디졸브가 알아볼 것이다. 그를 피해 도망쳐야 한다는 생각과 지금 자신을 도와줄 사람은 그밖에 없다는 생각이 엇갈렸다. 그때 소희 앞에 누가 와 섰다. 잔뜩 겁먹은 채 그 사람을 보던 소희는 숨을 들이켰다. 재서였다. 재서가 가쁜 숨을 몰아쉬며 서 있었다. 순간 무언가가 머릿속을 강타했다.

"호, 혹시 디졸……?"

소희는 말을 다 끝맺지 못했다. 디졸브가 이상한 사람이 아니어서 다행이라는 생각은 들지 않았다. 재서가 굳은 얼굴로 고개를 끄덕였다.

"그럼 너, 그동안 난 줄 알고 있었던 거야?"

소희는 간신히 물었다. 재서가 또 고개를 끄덕였다. 온몸의 힘이 쫙 빠진 소희는 순간적으로 비틀거렸다. 재서가 재빨리 팔을 잡았다. 소희는 그 손을 세게 뿌리쳤다. 지난번 피시방에서 디졸브와 채팅을 하고 나오다 재서를 본 일이 떠올랐다. 남들 다 아는 걸 혼자만 모르는 드라마의 주인공처럼 자기만 디졸브의 정체를 몰랐던 기분이었다. 디졸브가 설명해 주었던 클리셰의 결정판이다. 소희는 어이가 없어 웃음이 나왔다.

웃음이 다 사라지기도 전에 그동안 디졸브에게 했던, 재서인 줄 알았으면 죽어도 하지 않았을 수많은 말들이 줄줄이 떠올랐다. 창피함과 분노가 회오리바람처럼 뒤섞여 일었다. 소희는 휙 돌아서서 걷기 시작했다.

재서가 성큼성큼 따라왔다. 소희는 달렸다. 사람과 부딪치든, 발에 무엇이 채이든 상관없이 내달렸다. 우혁에게 떠밀려 들어갔던 구덩이에서 간신히 나오다가 다시 더 깊은 구덩이로 곤두박질치는 느낌이었다. 심장이 터져 죽었으면 좋겠다고 생각하며 달리는 소희 팔을 재서가 잡았다. 떨쳐

낼 수 없을 만큼 아귀힘이 셌다. 둘은 숨을 몰아쉬며 마치 싸우는 것처럼 서로를 노려보았다. 호흡이 조금 진정된 뒤 재서가 어디 가서 이야기 좀 하자고 했다. 여전히 팔을 잡은 채였다.

"할 이야기 없어."

소희가 매몰차게 말했다. 뛰느라 잊었던 추위가 바로 몸을 파고들었다. 이가 딱딱 맞부딪히고 몸이 떨리는 게 다 전달될 것 같아 뿌리쳤지만 재서는 놓지 않았다.

"이거 놔. 갈 거야."

"어디로?"

"어디든 니가 무슨 상관이야."

소희가 쏘아붙였다.

한 손은 소희를 붙잡은 채 다른 한 손으로 점퍼를 벗은 재서가 거부할 새도 없이 소희 어깨에 옷을 씌워 주었다. 온기가 그대로 느껴지는 옷을 걸치니 비를 맞다 처마 밑에 들어선 듯 포근했다. 재서를 따라 더 따뜻한 곳으로 가고 싶다는 생각이 피어올랐다. 소희는 깜짝 놀라 그 생각을 털어 버렸다. 디졸브가 소희의 깊은 상처를 봤다면 재서는 그 상처를 거짓으로 포장한 모습까지 다 보았다. 그러고서도 시치미를 떼고 있던 재서가 가증스러웠다.

"어디로 갈 건지 말 안 하면 못 가."

재서가 강한 어조로 말했다. 늘 다른 곳에 있는 듯한 느낌을 주던 아이의 처음 보는 모습이었다.

"고모네 집에 갈 거야."

둘러댔지만 소희는 그곳에 가고 싶지 않았다. 고모는 자기만 보면 늘 몇 분 안에 세상에서 가장 불쌍한 아이로 만들곤 했다. 엄마 집에서 나온 걸 보면 어떻게 할지 벌써부터 싫었다.

"어느 동넨데? 가는 방법 알아?"

"성남. 3호선 타고 수서역에 가서 분당선으로 갈아탄 다음 모란역에서 마을버스 타고 가면 돼."

소희는 시험 문제의 답을 쓰듯 또박또박 대답했다.

"정말 고모네 집으로 갈 거지?"

"그래. 그러니까 넌 이제 그만 가."

소희는 대답하면서도 재서를 떼어 놓기 위해서라고 스스로에게 말했다.

"지하철역까지 데려다줄게."

재서의 말에서 소희가 지하철 타는 걸 보기 전까지는 가지 않겠다는 강한 의지가 느껴졌다. 소희는 어쩔 수 없이 지하철역 쪽으로 발길을 향했다. 둘은 아무 말 없이 걷기만 했다. 걷는 동안 소희는 자기도 모르게 이 길이 계속되기를 바랐다. 지하철역으로 내려간 소희가 옷을 벗어 주려고 하자 재서가 만류했다.

"그렇게 이상하게는 안 보이니까 그냥 입고 가. 월요일에 학교에서 주면 되잖아."

월요일, 학교. 소희는 월요일이란 날짜가 영원히 오지 않을 것 같았고 학교도 상관없는 곳으로 여겨져 씁쓸하게 웃었다.

소희는 자동 발매기로 가서 목적지를 눌렀다. 1650원이라고 나왔다. 교통카드가 없어 청소년 할인이 되지 않았다. 소희의 주머니엔 피시방 요금을 내고 남은 1000원밖에 없었다. 등에서 식은땀이 솟았다. 슬쩍 다가선 재서가 돈을 투입구에 넣고 표를 받아 소희에게 건넸다. 소희가 개찰구 안으로 들어섰을 때 재서가 말했다.

"주머니에 이만 원 들어 있어."

소희는 앞만 본 채 걸음을 옮겼다.

약정 시간

다른 대안이 없는 소희는 재서에게 말한 대로 전철과 마을버스를 타고 고모네 동네로 갔다. 고모네 집이 있는 빌라 앞까지 갔지만 들어가지 못하고 주위를 맴돌았다. 처음엔 재서가 준 돈으로 모란역 근처에 있는 찜질방에서 잘 생각이었으나 그곳도 10시 이후는 청소년 출입 금지 구역이었다.

밤이 깊어질수록 기온은 점점 더 떨어졌다. 재서가 준 겉옷도 마음까지 불어오는 찬 바람을 막아 주지는 못했다. 편의점에 들어갔던 소희는 아무것도 사지 못한 채 되돌아 나왔다. 재서가 준 돈이 평생의 전 재산 같아서 쓰기가 겁났다. 다시 거리로 나온 소희에게 술 취한 아저씨가 뭐라고 말을 걸었다. 깜짝 놀란 소희가 걸음을 빨리하자 아저씨도 빠른 걸음으로 쫓아왔다. 소희는 정신없이 고모네 집으로 달려가 문을 두드렸다.

문이 열리자 소희는 그대로 고모 품에 쓰러졌다. 소희는 고모가 사촌 오빠를 부르고, 오빠가 자신을 안아다 방에 눕히고, 어디론가 전화를 하고. 물수건으로 얼굴과 손을 닦아 주는 걸 다 알면서도 남의 몸인 양 꼼짝할 수가 없었다. 고모에게 아무 말도 하고 싶지 않은 마음이 그렇게 만들었는지 모른다.

일요일인 다음 날도 마찬가지였다. 소희는 병이 깊은 사람처럼 침대에 누워 밖에서 고모와 고모부, 준석 오빠가 말하는 소리, 움직이는 소리를 먼 세상의 일처럼 들었다. 일요일 저녁때가 되어서야 소희는 서서히 제정신을 찾아갔다. 하지만 또다시 어떤 결정을 내려야 한다는 사실이 마음을 짓눌렀다.

소희는 누운 채로 다른 지역 대학에 다녀 집에 없는 경혜 언니의 방을 둘러보았다. 단출하면서도 소박한 방 안 풍경이 달밭마을에 있던 자신의 방을 연상시켰다. 책상 위의 벽에는 입시 공부할 때 붙여 놓았던 포스트잇들이 그대로 있었다. 달밭마을에 살 때 소희도 마음을 다지고 힘을 북돋아 주는 격언들을 비밀 일기장에 쓰곤 했다. 상처 입은 조개만

이 진주를 키울 수 있다는 글을 읽곤 자기 상처까지도 사랑하기로 마음먹었다. 그리고 열심히 노력하면 꿈을 이룰 수 있다고 믿었다. 그때에 비하면 믿기지 않을 만큼 환경이 좋아졌는데 정작 자신은 오갈 데 없는 신세가 돼 남의 방에 누워 있다. 무언가 쥐어뜯는 듯이 마음이 아팠다.

노크 소리와 함께 고모가 얼굴을 들이밀었다.

"소희야, 엄마가 데리러 온다는데……, 오늘 갈래?"

소희는 대답 없이 돌아누웠다. 고모가 한숨을 쉬더니 말했다.

"그래. 내일 하루 더 쉬어. 학교 하루쯤 빠진다고 하늘이 무너지겠냐."

소희는 지금까지 단 한 번도 결석하지 않았다. 할머니는 우등상보다 개근상이 더 훌륭하다고 생각했고 소희는 자연스레 그 생각을 받아들인 채 살아왔다. 누워 있으면서도 결석에 관해서는 죄책감이 있었는데 고모의 말을 듣자 조금은 편해졌다.

월요일 아침, 소희는 여전히 침대에 누운 채 고모부가 출근하고 준석 오빠가 학교에 가는 소리를 들었다. 집에 있었으면 소희도 엄마 차를 탈 시간이다. 우진이 소희를 부르는 소리, 우혁이 쿵쾅거리며 걷는 소리, 엄마가 아이들을 채근하는 소리가 아침 식탁 풍경과 어우러져 향수를 느끼게 했다. 마음은 자리 잡지 못했는데도 몸은 어느새 익숙해져 그곳을 집이라고 생각하고 있었던 모양이다. 다시는 부산한 아침 풍경에 끼지 못할지 모른다고 생각하자 소희는 영원히 고향에 갈 수 없는 유랑자가 된 기분이었다.

"소희야, 일어났으면 밥 먹자."

10시쯤 됐을 때 고모가 방문을 열고 말했다. 소희는 식욕이 전혀 없었지만 고모에게 상을 다시 차리게 할 수 없어 밖으로 나갔다. 계속 누워만 있었더니 어질어질했다. 소희는 고모와 함께 식탁에 앉았다. 혀의 돌기들이 모두 솟구친 듯 입 안이 깔깔했다. 겨우 식사를 마친 뒤 고모가 꿀이 듬뿍 들어간 쌍화차를 만들어 주었다. 그리고 고모는 커피 잔을 들고 앉았다. 한동안 정적이 집 안을 감쌌다.

소희는 고모가 가라고 할까 봐 걱정되면서도 무언가 결정해 주기를 바랐다. 집으로 가고 싶어도 이젠 아저씨가 받아주지 않을 수도 있다. 우혁이 그렇게 소희를 싫어하고, 그 때문에 나쁜 짓까지 한 걸 알면 아저씨도 망설여질 거다. 그럼 어떻게 해야 하나. 나는 어디로 가지. 소희는 막막해졌다. 커피를 한 모금 마시고 잔을 내려놓은 고모가 입을 열었다. 소희는 입 안에 머금고 있던 쌍화차를 꿀꺽 삼켰다.

"준석이 군대 가기 전에 휴대폰을 잃어버려서 정지시켜 놓고 갔었어. 제대하고 나와서 휴대폰을 새로 하려고 대리점에 갔는데 약정이 안 끝났다는 거야. 약정 기간이 2년이었거든. 산 지 2년이 넘었는데 무슨 소리냐고 따졌지. 그랬더니 정지시켜 놓았던 기간은 약정에 포함되는 게 아니라고 하더라."

뜬금없는 고모 말에 소희는 어리둥절했다.

"사람 사는 일도 그런 게 아닌가 싶다. 아무리 가족이라고 해도 떨어져 산 세월이 있는데 그렇게 금방 그 시간을 뛰어넘을 수 있겠니. 휴대폰 약정 기간처럼 너하고 네 엄마, 그리고 네 동생들도 가까워지기 위해서는 채워야 하는 시간이 필요한 거 같아."

그런 이야기는 소희도 이미 알고 있고, 소희의 상황을 아는 사람이라면 누구나 할 수 있는 말이다. 결국은 자기더러 다시 집으로 돌아가 참고 견디라는 말이다. 게다가 자신의 상황을 고작 휴대폰 약정 기간에 견주다니. 소희는 울컥했다.

"우혁이가 나 싫대. 꺼지라는데 어떻게 하냐고!"

소희가 대들듯 말했다.

"그럼 너도, 여긴 우리 집인데 어딜 나가냐고 되받아쳐!"

고모가 식탁을 치며 소리쳤다. 소희는 뜻밖의 말에 놀랐다. 자기를 불쌍해하며 눈물짓는 것보다는 훨씬 나았다.

"그때그때 하고 싶은 말 있으면 다 해. 엄마한테 못 할 말이 뭐가 있어. 그동안은 일찍 철든 게 안쓰러우면서도 대견했는데 이제 보니 아니었어. 애들이 부모 속 썩이고, 반항하고, 형제들하고 싸우는 시간도 다 약정 시간에 있는 거야. 너희 때는 그게 당연한 거야."

약정 시간이라는 말이 새롭게 다가왔다. 나는 잘못하는 게 아니다. 어쩔 수 없이 일찍 철들어 제대로 누리지 못했던 시간들을 되찾으려는 거다. 그런 말을 어른이 해 주니까 응달진 마음에 볕이 드는 것 같았다.

"그러니까 앞으로는 하고 싶은 거, 갖고 싶은 거 있으면 참지 말고 네 엄마한테 말해. 응석도 부리고, 떼도 쓰고, 지금까지 못했던 거 다 하라고. 그리고 동생들이 못되게 굴면 누나답게 화도 내고 야단도 쳐. 눈치 보지 말고 너 하고 싶은 대로 해!"

상상만 해도 속이 시원했다. 하지만 그럴 수 있을까. 그러고서도 그 집에 있을 수 있을까.

"그러면 엄마나 새아빠가 널 미워하고 내쫓을 거 같지?"

고모가 소희 마음을 읽기라도 한 듯 말했다.

"새아빠는 어쩔런가 몰라도 네 엄마는 못 그래. 자식이 속

썩이고 대들 땐 미워 죽겠다가도 돌아서면 보고 싶고 그리워지는 게 엄마 마음이거든. 그래서 쫓겨나면 그땐 고모 집으로 와. 그래도 네가 잘못한 거 아니야. 그 집 들어가기 전에 이런 말을 해 줬어야 했는데, 무조건 너한테만 잘하라고 한 게 잘못이다. 어린 너한테 그 짐을 떠맡으라고 하는 게 아니었어. 소희야, 고모가 생각이 짧았어. 미안하다."

눈물샘이 톡, 터졌다. 소희 얼굴에서 쉴 새 없이 흘러내리는 눈물이 찻잔 속으로 뚝뚝 떨어져 동그라미를 그렸다. 찻잔에 비치던 소희의 얼굴이 마구 흔들렸다. 소희는 울음을 참지 않았다.

고모 말이 맞다. 롯데월드에 갔다 온 날, 마구 퍼부어 댔는데도 엄마는 자신을 내쫓지 않았다. 오히려 둘 사이에 있던 장애물이 사라진 것 같았다. 이미 엄마와는 약정 시간을 채워 가는 중이었다. 소희는 눈이 퉁퉁 붓고 코가 맹맹해질 정도로 울었다.

이유

저녁나절 엄마가 온다고 했다. 고모가 일을 하러 가고 혼자 남은 소희는 청소를 했다. 고모네 집에서 지낸 신세를 갚기 위해서이기도 했지만 몸을 움직이며 생각을 정리하고 싶었다. 그리고 엄마에게 지저분한 고모네 집을 보여 주고 싶지 않은 마음도 있었다.

고모네 집 가구나 살림살이는 오로지 효용성에 가치를 두고 있을 뿐 미적 감각은 거의 없었다. 평소에 실내 인테리어나 그릇, 찻잔 등은 물론 수저, 냅킨 하나까지 신경 쓰는 엄마와 살지 않았으면 영영 알아차리지 못했을 거다. 소희는 청소를 하면서 소파 위의 쿠션이나 장식장 위의 액자 등을 기왕이면 더 예쁘고 보기 좋게 놓았다. 집이 깨끗해지는 동안 소희의 머릿속에 헝클어진 채 들어 있던 생각도 정리가 됐다.

드디어 벨이 울렸다. 소희가 문을 열고 비켜서자 엄마가 안으로 들어왔다. 이틀 새 얼굴이 퀭해진 엄마는 소희를 똑바로 보지 못했다. 소희는 식탁 의자에 앉은 엄마가 좁고 허름한 고모네 집을 흉보면 어쩌나 신경 쓰였지만 엄마는 아무 데도 보지 않았다.

"믹스 커피밖에 없는데……."

엄마가 고개를 끄덕였다. 소희는 주전자에 물을 받아 가스레인지 위에 올려놓았다. 주전자에서 흘러내리는 물이 닿을 때마다 파란 불꽃이 위태롭게 흔들렸지만 꺼지지는 않았다. 소희는 미리 꺼내 놓은, 고모네 집에서 가장 좋은 찻잔에 커피를 넣었다. 끓은 물을 붓자 고소하고 달콤한 향이 집 안에 퍼졌다.

소희가 커피를 놓으며 맞은편에 앉자마자 엄마가 쫓기듯 급하게 말했다.

"학교에는 아파서 못 간다고 연락해 놨어. 오늘 집에 가서 몸 상태 보고 내일 하루 더 쉬든지 학교에 가든지 결정하자. 고모한테 데려갈 거라고 이야기했으니까 그냥 가면 돼."

엄마는 이것만 마시고 빨리 가자는 듯 뜨거운 커피를 서

둘러 마셨다. 소희는 심호흡을 한 뒤 청소하며 함께 정리한 생각을 말했다.

"저 학교 근처에 방 하나 얻어 주시면 안 돼요? 따로 나와 살고 싶어요."

소희는 그 말을 하면서 소중한 걸 떼어 내는 아픔과 구차한 미련을 잘라 버리는 쾌감을 동시에 느꼈다. 엄마가 놀란 얼굴로 소희를 보았다. 잠시 굳은 채 있던 엄마가 다급하게 말했다.

"우혁이가 한 말, 철이 없어서 그런 거니까 마음에 담아 두지 마. 우혁이도 지금 반성하고 있어. 우진이도 너 보고 싶대."

"우혁이 때문만은 아니에요. 그러는 게 모두에게 좋을 것 같아요."

소희만 빠지면 엄마 집은 다시 전으로 돌아갈 테고, 작은집이나 고모 집에 신세 지고 싶지 않은 자신을 위해서도 최선의 방법이다. 채경, 그리고…… 재서 같은 친구가 생겼는데 다시 전학 가고 싶지 않았다.

"안 돼. 어린 여자애가 어떻게 혼자 산다는 거야."

엄마가 정신이 든 듯 단호한 말투로 말했다.

"저 살림해 봐서 혼자서도 잘 지낼 수 있어요. 정 걱정되면 가끔씩 밑반찬만 해다 주세요. 그리고 고등학교는 될 수 있는 대로 기숙사가 있는 곳으로 가고, 대학부터는 제힘으로 다니도록 할게요."

혼자 꿋꿋하게 살아가는 자기 모습을 상상하자 소희는 절로 비장해졌다.

"네가 왜? 내가 있는데 네가 왜 그렇게 살아! 그럴 수 없어. 널 또 떼어 놓고, 내가 제대로 살 수 있을 것 같아?"

엄마가 갑자기 소리치며 벌떡 일어났다. 그러곤 주먹을 쥔 채 좁은 거실을 오락가락했다. 예상치 못한 엄마의 격한 반응에 소희는 숨을 죽였다. 잠시 뒤 소희가 물었다.

"그러면서 애기 땐 왜 두고 간 거예요?"

원망이나 비난이 아니라 궁금해서였다. 더 상처받는 일이 있더라도 그때 상황을 확실하게 알고 싶었다. 그때 엄마와 헤어지지 않았다면 지금 같은 혼란이나 갈등을 겪지 않아도 됐을 거다. 다시 의자에 앉은 엄마가 흥분이 가라앉지 않은 목소리로 말하기 시작했다.

"네 아빠 장례 끝나고 나니까 네 할머니가 너하고 살려면 달밭마을로 내려오라더라. 며느리가 잘못 들어와 아들이 죽었다고 생각하는 양반이 말이야. 그래도 너랑 같이 살려고 그런 시어머니와 1년 넘게 살았어. 지옥 같았어. 견디다 못해 친정으로 갈 때 네 할머니한테 널 데려가겠다고 울면서

빌었어. 하지만 네 할머니는 널 주지 않았어."

엄마는 할머니가 앞에 있는 양 눈을 부릅떴다. 소희는 엄마가 할머니를 나쁘게 말하고, 탓하는 게 어이없었다.

"할머니 핑계 대지 마요. 비겁해요. 무슨 엄마가 자기 자식을 시어머니한테 뺏겨요? 그게 말이 돼요?"

"그래. 그 노인네가 말도 안 되는 억지를 쓰며 널 빼앗았어. 그 어이없는 일이 사실이라고. 그랬으면 천년만년 살면서 잘 키울 일이지,"

소희가 발끈하며 엄마 말을 잘랐다.

"우리 할머니가 못 키운 게 뭐가 있어요? 할머니가 날 키우느라 얼마나 고생하신 줄 알아요? 할머니는 부모 있는 애들 부럽지 않게 날 키워 주셨어요. 엄마 원망 안 하고 살 수 있었던 건 다 할머니 덕이라고요. 그리고 할머니는 엄마를 나쁘게 말한 적 한 번도 없어요. 늘 엄마가 잘되기를 바랐다고요."

엄마의 표정이 일그러졌다.

"아들 대신인 손녀가 원망하든 보고 싶어 하든, 제 엄마를 생각하는 게 싫었겠지. 그 노인네는 네 마음속에서 아예 엄마라는 존재를 없애 버리고 싶었을 거야. 혹시라도 네가 날 찾을까 봐 얼마나 겁났을까. 아니면 날 나쁘게 말하기에는 양심이 찔렸든지. 너한테는 좋은 할머니였는지 몰라도 나한테는 아니야."

엄마가 할머니에 대한 반감을 거침없이 드러내자 소희는 당황스러웠다.

"도대체 할머니가 왜 그런 건데요? 무슨 이유가 있을 거 아니에요."

할머니는 남을, 더구나 며느리를 아무 이유 없이 못마땅해할 분이 아니었다.

"이유야 많지. 궁합도 안 좋고, 붙임성 없는 내 성격도 마음에 안 들고, 여자가 키 큰 것도 싫고, 목소리도 싫고, 맏며느리인데 막내로 자라 응석받이인 것도 탐탁지 않고……. 무엇보다 그 양반은 당신 아들이 날 너무 좋아하는 게 젤 싫으셨을 거야."

엄마가 빈정대듯 말했다.

할머니는 경우 바르고 인심이 넉넉해 동네 사람들이 모두 좋아했다. 소희는 그런 할머니가 엄마에게는 이유 같지 않은 이유로 힘들게 하는 시어머니였다는 걸 믿을 수 없었다.

"할머니는 내가 키가 커서 보기 좋다고 하셨고, 목소리가 차분해서 듣기 좋다고 하셨고, 새살맞지 않아 좋다고 하셨어요. 그거 다 엄마 닮은 거잖아요. 그런데 어떻게 엄마는 그렇게 싫어했으면서 나는 좋아할 수가 있어요?"

"나는 아들 뺏어간 년이고, 넌 아들 대신인 손녀잖아. 엄마랑 자식을 놓고 그렇게 편을 가를 수 있는 사람이 네 할머니야. 독한 노인네."

엄마가 주먹을 부르쥐었다.

"할머니 욕하지 말아요! 엄마도 나하고 애들하고 편 가르잖아요."

소희가 쏘아붙이자 엄마가 어리둥절한 얼굴을 했다.

"카메라 없어졌을 때 나한테 우리 애들은 그런 짓 안 한다고 한 거 기억 안 나요? 우혁이, 우진이가 엄마 아이들이면 나는 뭐예요? 나는 그럼 엄마 아이 아니에요?"

소희는 그때 하지 못했던 말을 따져 물었다. 아직도 마음속에 큰 못처럼 박혀 있는 말이다. 고모가 해 준 말이 속엣말을 쏟아 낼 수 있게 했다. 엄마가 당황스러워했다.

"내가 그랬어? 미안해. 그저 버릇이 돼서 그런 거지 다른 뜻은 없었어. 정말 미안해."

어쩔 줄 몰라 하는 표정에서 진심이 읽혔다. 소희는 그 때문에 아파하고 힘들어했던 게 생각나 허탈하면서도 그때 그 자리에서 참지 말고 말했으면 풀렸을 텐데 하는 후회가 밀려왔다.

"아저씨랑은 어떻게 결혼한 거예요?"

소희는 엄마가 계속 미안한 표정을 거두지 못하자 화제를 바꿨다. 솔직히 기억에도 없는 아빠와 엄마보다 엄마와 아저씨 이야기가 더 궁금했다. 엄마와 아저씨가 부부인 이상 자신은 아저씨의 딸이다. 엄마는 대답하는 게 미안함을 갚는 것이라도 되는 양 순순히 말하기 시작했다.

"친정으로 오고 나서 일을 찾았어. 너를 데리고 오려면 자립을 해야 하니까. 친척 소개로 우진 할아버지 식당에 취직했고 거기서 우진 아빠를 만난 거야. 남편 죽은 지 얼마나 됐다고 또 결혼을 하고 싶었겠니. 그런데 그 사람이 끈질기게 따라다녔어. 자기도 딸이 있으니까 너도 데려다 함께 잘 키우자는 말에 마음이 흔들리더라. 좋은 사람이고, 경제력도 있고 시부모님도 좋은 분들이고."

소희는 한밤중 정원에서의 일을 생각했다. '그런 사람이 좋은 사람이에요?'라는 말이 목구멍까지 치미는 걸 꿀꺽 삼켰다. 그 이야기를 꺼내는 건 엄마에게 너무 잔인한 일 같았다. '그 일만 뺀다면' 아저씨는 더할 수 없이 좋은 사람이다. 엄마가 결혼할 때 자신을 데려갔더라면 아저씨를 친아빤 줄 알고 자랐을지 모른다. 그럼 우혁이하고도 보통 남매들처럼 지냈겠지.

"그런데 왜 안 데려간 거예요? 그때도 할머니 때문에 못 데려갔어요?"

"그래. 손녀를 죽은 아들 대신이라고 생각하는 네 할머니를 넘어뜨리고 널 데려올 수 없었어. 그때 내가 무슨 생각했는지 알아? 널 잊겠다고 다짐했어. 날 두고 죽은 사람과, 자식을 뺏은 시어머니한테 복수하려면 그래야 한다고 생각했어. 그래서 나중에 네가 두고두고 네 할머니를 원망하게 만들어 주자고 이를 악물었어."

엄마는 새삼스레 어금니를 물었다.

"아빠랑 서로 좋아해서 결혼한 거 아니었어요? 그런데 무슨 복수요?"

"사랑했지. 대학 1학년 때 네 아빠 만나서 연애하다 졸업하자마자 결혼했어. 아무런 사회 경험도 못 해 보고 말이야. 그래서 더 미웠어. 처음부터 나한테 능력이 있었으면 널 뺏기지 않았을 거야. 그 사람은 날 아무것도 할 수 없는 여자로 만들어 놓고는 먼저 가 버린 거야. 네 아빤 회사 사람들하고 회식 마치고 술에 취해 무단 횡단하다 사고를 당했어. 며칠을 중환자실에 있다가 떠났지. 어떻게 어린 너하고 날 두고 먼저 갈 수 있는지 배신감이 들었고, 너무너무 미웠어."

방금 일어난 일인 것처럼 엄마 목소리에선 분노와 슬픔과 아픔이 뚝뚝 흘렀다. 소희는 그 마음을 짐작할 수 있었다. 사랑한 만큼 추억도 많았을 테고, 그만큼 용서할 수 없었을 거다. 아빠가 다른 사람과 결혼한다며 분노하던 미르, 아빠와 진료소 소장님 사이를 오해하고 힘들어하던 바우가 알게 해 주었던 감정이다.

소희는 두루마리 화장지를 끊어 엄마 앞에 놔주었다. 엄마가 화장지를 집어 들어 코를 풀고 눈물을 닦았다. 그러곤 한결 가라앉은 어조로 말했다.

"내가 어리석었어. 자식을 잊는 게 무슨 복수라고. 너를 두고 온 뒤 난 행복한 적이 없었어. 자식 떼어 놓고 온 사람이 행복하면 벌 받을 것 같아서 늘 움츠린 채 살았지. 우혁이 낳고 우울증이 심하게 와서 제대로 돌봐 주지도 못했어. 아무리 어려도 우혁인 내가 그러는 걸 알았을 거야. 그래서 너한테 그랬을 거야."

이번에는 엄마가 우혁의 편을 든다는 생각이 들지 않았다. 그래도 소희는 엄마 없이 자란 자신이 우혁으로부터 엄마를 뺏은 존재가 됐다는 사실이 억울했다. 엄마가 자기 때문에 행복하지 않았고 우혁까지 아프게 했다는 게 씁쓸했다. 자기 때문에 많은 사람들의 삶이 일그러진 것 같았다.

"그런데 어떻게 해서 내가 엄마 집에 오게 된 거예요?"

그동안 소희는 모르고 있는 게 너무 많았다. 두려워서였을 거다. 어른들의 결정에 의문을 품고 질문하는 게 그들을 귀찮게 하고 불편하게 만들까 봐, 그러다 미움이나 버림을 받을까 봐. 하지만 자식이 속 썩이고 대들 땐 미워 죽겠다가도 돌아서는 순간 보고 싶고 그리워지는 게 엄마 마음이라고 고모가 말했다. 소희는 자기를 데리러 온 엄마 덕분에 계속 질문할 수 있었다.

"할머니가 돌아가시기 전에 네 큰이모한테 연락을 하셨대. 양평 할머니도 암 수술을 받으실 때라 경황이 없다가 나중에 나한테 말해 줬어. 처음엔 솔직히 이제 널 데려오는 게 겁났어. 이유야 어찌 됐든 널 버렸으니까. 잊지 않고 살았다고 해서 용서받을 수 있는 건 아니잖아. 우진 아빠가 오히려 날 설득해 줘서 결심할 수 있었어. 소희야, 그동안 편하게 못 해 준 거 미안해. 우리 같이 노력하면서 함께 살자."

소희 손을 잡은 엄마 얼굴에서 눈물이 흘러내렸다. 아이라인이 번진 엄마 얼굴을 바라보다 소희는 고개를 끄덕였다. 소희가 따로 살겠다고 한 건 차선책이지 진짜 바라는 일은 엄마와 동생들하고 한집에서 사는 거였다. 마음과 시간을 함께하며 정지됐던 약정의 시간을 채워 가는 거였다.

귀로

소희는 엄마와 함께 고모네 집을 나섰다. 이틀 만인데 그 사이 오랜 시간이 지난 것 같았다. 소희는 차마 고모네 집으로 가지 못하고 추위에 떨며 돌아다니던 거리를 엄마 차에 앉아 빠져나왔다. 어느쯤에선가부터 처음 엄마 집으로 가던 날과 같은 길이 나왔다.

엄마는 그날처럼 선글라스를 쓴 채 말이 없었지만 창밖을 내다보는 소희의 마음은 그때와 많이 달랐다. 이제는 진짜 집으로 가는 느낌이었다. 학교 근처를 지날 때 낯익은 교복을 입은 아이들을 보자 반가움에 코가 찡했다. 채경과 걷던 거리, 지훈과 자주 간 카페, 재서가 달려와 준 피시방…….
엄마 집에 와서 마음고생만 한 줄 알았는데 열다섯 살의 추억이 차곡차곡 쌓이고 있었다.

집에 다다라 차에서 내리기 전에 엄마가 말했다.

"우리, 함께 있으니 우선 그거면 됐다고 생각하면서 다음 문제들을 풀어 나가자. 우혁이도 차차 나아질 거야."

소희는 고개를 끄덕였다. 자신에게는 완벽할 정도로 좋았던 할머니가 엄마에게는 자식과 갈라놓은 시어머니였던 것처럼, 불쌍한 아이로 만들어 늘 짜증 나게 하던 고모가 마음의 응어리를 시원하게 풀어 준 것처럼, 왕싸가지 재서가 속 깊은 디졸브였던 것처럼 사람들에게는 다양한 면이 공존했다. 소희를 미워하는 우혁 역시 그럴 것이다. 소희는 우혁이 다른 쪽 마음을 내보일 수 있도록 먼저 진짜 누나답게 행동하자고 마음먹었다.

주차장에서 나와 계단을 오른 소희는 집을 바라보았다. 정원의 잔디는 추수가 끝난 뒤 볏짚을 뿌려 놓은 논처럼 누렜다. 담장 위로 붉은 꽃을 피워 올렸던 능소화도 갈색 줄기를 드러낸 채 벽에 달라붙어 있었다. 담장을 뒤덮었던 여름날의 푸르고 붉었던 찬란함에 비하면 초라하기 그지없는 모습이었다. 이틀 전에도 그랬을 텐데 마치 처음 보는 것 같았다.

"누나!"

첫날처럼 우진이 정원을 가로질러 달려 나왔다. 우진의 말랑말랑한 손을 잡는 순간 소희는 울컥하고 눈물이 솟구쳤다.

다음 날 학교에 가기 위해 차를 타러 나가자 우혁이 화난 듯한 표정으로 뒷자리에 앉아 있었다. 우혁이 또 이유 없이 심통을 부리면 따끔하게 혼내 주리라 단단히 다짐하고 나왔는데 앞자리를 비워 놓았다.

"정우혁, 나 앞에 타도 돼?"

소희는 눈치를 보거나 기분 나빠 하던 전과 달리 당당하게 물었다. 우혁이 어깨를 으쓱하곤 내 알 바 아니라는 듯 다른 쪽을 보았다.

"그래도 돼. 형아는 뒷자리가 좋대."

우진이 대신 대답했다.

생강차

내릴 곳이 다가오자 소희는 손에서 땀이 났다. 지난밤 재서에게 아침에 횡단보도 앞에서 만나자고 메시지를 보냈다. 재서 옷을 채경이 있는 교실까지 가져갈 수는 없어서였다. 보는 눈이 즐비한데 재서네 교실로 가져다주기는 더 곤란했다. 디졸브랑은 수도 없이 채팅을 했으면서 재서에게 보내는 메시지는 몇 글자 안 되는데도 여러 번 고쳐 썼다.

토요일 밤에 있었던 일은 채경에게도, 지훈에게도 비밀로 하고 싶었다. 소희 자신을 위해서가 아니라 그 애들을 위해서였다. 재서는 별다른 말없이 알았다는 답만 보내왔다. 사람 심리라는 게 이상해서, 다른 질문을 해 왔으면 싫었을 거면서 아무것도 묻지 않으니까 서운했다.

아무 말 없이 옷만 전해 줄까, 한번 째려봐 줄까, 고마웠다고 할까……. 아무것도 정하지 못한 채 소희는 차에서 내렸다.

"누나, 어제 결석했으니까 선생님한테 잘못했다고 사과해. 알았지?"

우진이 고개를 빼고 큰 목소리로 말했다. 웃으며 고개를 돌리던 소희는 횡단보도 앞에 서 있는 재서와 눈이 마주쳤다. 우진의 말을 들은 듯 재서 얼굴에도 웃음이 서려 있었다. 본의 아니게 서로 웃는 얼굴로 마주 보게 된 둘은 곧 당황해 어색한 표정이 됐다. 소희는 짐짓 화난 얼굴로 재서에게 걸어갔다.

"돈은 그냥 주머니에 들어 있어. 고마웠어."

소희는 무뚝뚝한 투로 말하며 옷이 든 종이 가방을 건넸다. 재서가 가방을 받았다. 그런 다음 초록불이 켜질 때까지 둘은 서로 모르는 사이처럼 서 있었다. 누구한테도 하지 못하는 말들을 털어놓았던 디졸브와 늘 처음 보는 사이처럼 서먹하게 구는 재서가 같은 사람이라는 게 믿기지 않았다. 또 토요일 밤 한달음에 달려와 옷을 벗어 주고 지하철 표를 끊어 주던 재서와 멀뚱한 얼굴로 옆에 서 있는 재서가 같은 사람이라는 것도 적응이 안 됐다.

초록불로 바뀌고 둘은 횡단보도를 건넜다. 길을 다 건넌 다음 재서가 말했다.

"이따 수업 끝나고, 스페이스 피시방으로 와. 할 이야기 있으니까."

그러곤 소희의 대답도 듣지 않고 성큼성큼 앞서가 버렸다. 소희는 잠시 서서 재서를 째려보았다. 할 말이 있기로는 감쪽같이 속은 자신이 더 많았다.

'어디서 명령이야?'

역시 왕싸가지인 재서를 노려보느라 피시방이 이야기를 하기에 적당한 장소가 아니라는 생각은 미처 하지 못했다.

어디쯤 오느냐는 메시지를 보냈던 채경은 교실 문 앞까지 나와 기다리고 있었다.

"전화도 못 받을 정도면 도대체 얼마나 아팠던 거야? 근데 너 핼쑥한 게 더 예뻐졌다."

채경은 자리로 가는 동안 소희의 어깨를 끌어안고 호들갑을 떨었다. 소희 휴대폰으로 전화를 걸었는데 엄마가 받았다고 했다. 어제는 엄마가 담임 선생님한테 전화를 해서 반 아이들도 소희가 아파서 결석한 걸로 알고 있었다. 정말 아팠으니까 거짓은 아니다. 몇몇 아이들이 소희에게 안부를 물었다. 소희는 제자리를 찾아온 듯 마음이 푸근해졌다.

"일주일 더 아프면 연예인 해도 되겠어?"

소희 입에서도 농담이 나왔다.

"어쭈, 아픈 만큼 성숙해진다더니 우리 쏘이, 농담도 받아 줄 줄 알고 철들었는데. 참, 있지, 있지, 그사이 나 재서랑 많이 친해졌다!"

자리에 앉은 채경이 생각만 해도 좋다는 듯 책상까지 두드리며 말했다.

"어떻게?"

소희는 어리둥절해진 얼굴로 물었다. 고모네 집에 있었던 이틀은 긴 시간이었지만 채경이 재서와 친해지기에는 너무 짧은 시간이다. 토요일 밤의 재서를 기억하는 소희로서는 더 의문스러웠다.

"재서가 일요일부터 먼저 메신저로 말을 걸어오는 거야. 주말에 한참 채팅했다. 주말에 뭐 하느냐고. 친구들 안 만나느냐고. 그래서 너 아파서 연락도 못 한다고 했어. 재서, 나한테 관심 생긴 거 맞지?"

채경의 말이 마음을 두드리는 것 같았다. 소희는 겨우 고개를 끄덕였다. 재서가 왜 갑자기 채경에게 메시지를 보내고 채팅을 했는지 알아서였다. 걱정 가득하던 눈빛과 그 애가 덮어 주었던 옷의 온기가 아직도 선명했다. 고모네 집에 있었던 이틀 동안 소희가 더 많이 생각한 아이는 지훈이 아니라 재서였다. 재서가 디졸브였음을 알게 된 충격 때문이라고 생각했는데 아니었다. 그동안 일어난 모든 일을 이야기할 수 있는 대상은 디졸브, 재서뿐이었다.

그 순간 소희의 가슴이 무엇엔가 깊이 찔린 것처럼 찌르르 아팠다. 그동안 이름 붙일 수 없었던 감정이 무엇인지 이제는 감출 수 없었다. 그동안 몰랐던 게 아니라 미루고 미뤘던 거다. 소희는 재서가 디졸브인 줄 몰랐을 때부터 이미 좋아하고 있었다. 하지만 재서를 향한 감정을 먼저 밝힌 건 베프 채경이다. 그리고 자신은 지훈과 사귀는 중이다.

그럼 지훈에 대한 감정은? 소희는 분명히 지훈도 좋아했다. 함께 있을 때면 온 마음과 몸을 휘감는 달콤함과 따뜻함이 그 증거다. 소희는 두 사람을 동시에 좋아하고 있다는 사실이 혼란스러웠다. 마치 답을 모르는 시험 문제를 만난 기분이었다. 그때 정답을 일러 주듯 지훈에게서 계단 쪽으로 나오라는 메시지가 왔다.

"지훈 오빠야. 나 나갔다 올게."

소희는 일부러 더 반색하며 자리에서 일어섰다. 복도로 나가니 계단 쪽에 따뜻하고 환한 거실에서 막 빠져나온 듯한 지훈이 서 있었다. 그 모습을 보니 재서 때문에 출렁이던 마음이 가라앉으며 그 사실조차 미안해졌다. 가까이 가자 지훈이 걱정스러운 얼굴로 텀블러를 내밀었다.

"많이 아팠나 보다. 이거 감기에 좋은 생강차야. 쉬는 시간에 마셔."

"내가 감기 걸린 건 어떻게 알았어?"

소희가 텀블러를 받아 들며 물었다.

"니가 메시지 답을 안 해서 전화 걸었는데 어머님이 받으셨어. 너 감기 걸려서 전화도 못 받는다고……."

"오빠가 직접 탄 거야?"

소희가 물었다.

"실은 엄마한테 만들어 달라고 했어. 우리 누나가 감기 자주 걸려서 엄마가 가을 되면 많이 만들어 놓거든. 나도 감기 걸리면 병원 안 가고 이거 마셔. 매콤하긴 하지만 꿀을 많이 넣어서 먹을 만해."

소희는 가슴이 뭉클해졌다. 지훈이 아니었으면 그동안 더 외롭고 힘들었을 거다. 아껴 주고 좋아해 주는 지훈 덕분에 소희는 자신이 소중한 존재라고 여길 수 있었다. 그건 디졸브, 재서에게서 받은 위로 못지않았다.

"고마워. 잘 마실게."

"오늘 학원 가?"

지훈이 물었다.

"아니, 오늘은 집에 일찍 가서 쉬면서 시험공부 하려고."

재서와의 만남은 풀어야 하는 숙제를 위해서지 다른 의미가 있어서가 아니다. 소희는 자신에게, 지훈에게 변명했다.

"그래. 당분간은 몸 걱정, 시험 걱정만 해."

교실로 돌아온 소희는 텀블러를 열어 생강차를 마셨다. 매콤하고 알싸했지만 목을 넘어가는 순간 온몸이 따뜻해졌다.

페르소나

재서는 피시방에 먼저 와 있었다. 소희와 눈이 마주친 재서는 자기가 앉아 있는 대각선 방향 자리를 고갯짓으로 가리켰다. 그 순간 소희는 재서가 이야기하자던 게 어떤 의미인지 알아차렸다. 디졸브와 하늘말나리가 그랬던 것처럼 채팅을 하자는 거였다.

소희도 재서와 마주 보고 이야기하는 것보다 그게 더 편했다. 피시방에 오기 전 재서에 대한 감정을 가슴 가장 깊은 곳에 넣고 봉인해 버렸는데 혹시라도 들키면 낭패다.

소희는 자리에 앉은 다음 블루스크린으로 들어갔다. 로그인을 하니 여느 때처럼 디졸브가 대화를 신청해 왔다. 그 닉네임을 보자 이젠 영원히 만날 수 없는 귀중한 것을 마지막으로 보는 듯한 아쉬움이 밀려왔다. 재서와도 오늘로 끝일 것 같았다. 소희가 대화를 수락했으나 디졸브는 잠시 말이 없었다. 머뭇거리는 마음이 느껴졌다. 소희가 먼저 키보드를 두드리기 시작했다.

하늘말나리 : 할 이야기라는 게 뭐야?

소희는 그 글이 퉁명스럽게 느껴지기를 바랐다.

디졸브 : 넌 날 언제 처음 봤냐?

하늘말나리 : 동아리 시간에

소희는 그때를 생생하게 기억했다. 재서의 흔들리던 눈빛까지도. 첫날의 그 눈빛 때문에 여기까지 온 건지 모른다.

디졸브 : 난 그때 처음 본 거 아니야

하늘말나리 : 그럼 언제?

디졸브 : 개학하기 전, 니네 아빠 식당에서 처음 봤어

소희는 멍해졌다. 그때라면 아저씨, 우혁, 우진과도 처음

만나던 날이다.

하늘말나리 : 어떻게? 난 기억 안 나

얼마나 긴장했는지 그날 어떤 음식을 먹었는지도 생각나지 않을 정도였다. 그저 엄마가 인사하라면 하고, 먹으라면 먹고, 아저씨가 누군가를 소개하면 상대편 얼굴도 보지 않고 고개를 꾸벅꾸벅 숙였던 것만 떠올랐다.

디졸브 : 너희 가족 다 있을 때 너희 아빠한테 인사했는데…

가족과 식사하러 왔었나. 인사를 할 정도면 아저씨와 잘 아는 사이일 테니 재서는 자신이 어떤 처지인 줄 알았을 테고, 덤으로 잔뜩 긴장해서 바보처럼 굴던 것도 다 보았을 거다. 그래서 처음 본 순간 그런 표정을 했던 건가. 무시하는 태도로 자극했던 것도 그래서였나. 그런 줄도 모르고 어떤 날은 엄마가 태워다 주는 차나 유명 브랜드 가방 같은 것들로 기를 세우고 어떤 날은 비참한 처지를 징징거리며 털어놓곤 했다. 소희는 새삼스레 얼굴이 화끈거렸고 모르는 척 시치미를 뗀 채 지켜보고 있던 재서에게 화가 솟구쳤다.

하늘말나리 : 그럼 하늘말나리가 나라는 건 언제 알았어?

디졸브 : 등업 신청했을 때부터…

하늘말나리 : 뭐? 어떻게?

디졸브 : 실은 나, 이 카페 스텝이야. 회원 가입 관리 맡고 있어

하늘말나리 : 뭐????

디졸브 : 그래서 등업시켜 줄 때 넌 줄 알았어

하늘말나리 : 근데 왜 모른 척했어?

디졸브 : 그냥…

하늘말나리 : 내가 처음에 쪽지 보냈을 때…

디졸브 : 그때 답장 안 하려다 한 거야

하늘말나리 : 그때 말했어야지!!!

소희는 벌떡 일어서서 재서에게 소리치고 싶은 마음을 담아 키보드를 두드렸다. 그랬으면 같은 학교 남자애한테 속마음을 털어놓는 일 따위는 결코 하지 않았을 거다. 대신 같은 동아리 부원 사이에서 오갈 수 있는 일상적인 대화나 나누든지 아예 카페에 드나들지 않았을 거다. 그리고 채경과 지훈에게 상처가 될 수 있는 감정 같은 건 싹도 트지 못하게 했을 거다. 하지만 그게 더 나았을까? 소희는 문득 솟아오른 질문에 자신 있게 그렇다고 할 수 없었다.

디졸브 : 말하기 어려웠어. 너랑 얽히는 게 싫었거든

그 글자를 읽는 순간 소희는 자존심이 상했다. 재서는 지금, 자신과 얽히기 싫었다고 거침없이 말하고 있다. 그러면서 디졸브는 왜 그렇게 속 깊은 오빠처럼 이야기를 들어 주고 위로해 주었는지 따지고 싶었다. 불쌍한 친구에게 베푸는 값싼 동정이었나.

하늘말나리 : 뭐 땜에?

소희는 재서에게 실망하고, 비웃고, 잊어버리고 싶었다. 재서는 바로 답을 하지 않았다. 소희에게는 그조차 가증스러워 보였다. 대화창에 곧 한 글자 한 글자 글이 뜨기 시작했다.

디졸브 : 우리 엄마가 너희 식당 종업원이란 걸 네가 알고 있는 게 싫었으니까

소희는 잠시 멍해졌다. 전혀 모르는 일이었다. 재서네는 잘 산다고 했다. 그런데 엄마가 식당 종업원이라니. 그게 사실이라면 너무 놀란 티를 내고 싶지 않았다.

하늘말나리 : 소문은 그렇지 않던데…

디졸브 : 무슨 소문? 우리 집 부자라고?

하늘말나리 : ㅇㅇ 어학연수도 다녀왔다며

디졸브 : 초등학교 다닐 때까지는 그랬지. 중1 때 우리 아빠 회사가 부도났어

부도로 인한 풍파가 닥치기 전에 재서는 어학연수를 갔다. 1년 뒤 돌아와 보니 부모님은 이혼을 했고 엄마는 이사까지 한 상태였다. 그런데 재서네가 망한 걸 모르는 초등학교 동창 때문에 새 학교에서도 부잣집 아들이란 오해를 받게 됐다. 미국으로 다녀온 어학연수가 오해를 부추겼다. 사실과 다르게 알려진 게 께름칙했지만 집이 망했다는 사실을 굳이 알리고 싶지도 않았던 재서는 아이들을 멀리했다. 그 때문에 재서는 성격 까칠한 부잣집 아들이 돼 버렸다.

디졸브 : 그날 처음으로 엄마 일하는 데 간 거였어

하늘말나리 : 왜 간 건데?

디졸브 : 학원비 받으러. 엄마가 깜빡하고 그냥 출근했거든

채경에게 이런 일이 생겼으면 운명적인 만남이라고 호들

갑을 떨었을 거다. 하지만 소희는 그날의 만남에 그런 의미를 붙일 수가 없었다.

디졸브 : 그때 너희 식구가 안에서 나왔고 엄마가 사장님한테 인사하라고 했어. 그때 널 봤어

하늘말나리 : 나는 생각이 안 나

디졸브 : 나랑 상관없는 애라고 생각했는데 동아리에서 딱 만난 거야

하늘말나리 : ㅠㅠ

디졸브 : 그땐 솔직히 너랑 같은 부인 거 진짜 싫었어

식당에서 마주친 걸 기억했다면 소희도 재서 못지않게 싫었을 거다. 그날 재서의 눈빛을 보고 가슴이 쿵 하고 내려앉았던 건 그 뒤로 마주칠 때마다 신경이 쓰였던 건 어쩌면 재서가 좋아서가 아니라 잠재의식이 식당에서 마주쳤던 재서를 기억했기 때문일 수도 있다. 맞아, 좋아서가 아니라 그래서였던 거야. 소희는 혼란스러움의 정체를 결론지었다. 마음이 한결 편해졌다.

하늘말나리 : 너 그날 얼마나 재수 없었는지 알아?

재서는 대답 대신 스티커를 올렸다. 소희 얼굴에 슬며시 장난기 섞인 웃음이 번졌다.

하늘말나리 : 초딩 때부터 왕싸가지였단 소문이 있던데. ㅋㅋ

디졸브 : 알아

하늘말나리 : 안다고?

디졸브 : 굳이 변명하자면 엄마한테 화난 걸 애들한테 풀었던 거 같아

하늘말나리 : 무슨 화?

디졸브 : 초딩 때 엄마가 짜 준 계획표대로 살았거든

하늘말나리 : ㅠㅠ

디졸브 : 너무 싫고 갑갑했어. 그래서 애들하고 많이 싸웠지. 나름 반항이었다고나 할까

하늘말나리 : 그럼 영화감독 되겠다는 것도 반항이야?

소희는 웃음기를 거두고 물었다.

디졸브 : 엄만 아직 몰라

하늘말나리 : 영화감독은 왜 하고 싶은 건데?

디졸브 : 멋있어 보여서 그런다. ㅋㅋ

하늘말나리 : 뭐? 초딩임?

디졸브 : 농담이고, 어학연수 갔을 때 홈스테이 했던 집 형이 영화를 전공하고 있었어

하늘말나리 : 그래서?

디졸브 : 처음에 말도 안 통하고, 무척 힘들었는데 형이 이삼일에 한 번씩 영화를 보여 줬어

하늘말나리 : 좋은 형이네

디졸브 : 덕분에 영어도 많이 늘고 적응도 해 나갔어. 그런데 어느 날 형이 과제로 단편 영화 찍은 걸 보여 줬어. 형이 달라 보이더라. 그때부터 영화에 관심을 갖게 됐어

하늘말나리 : 올~~

디졸브 : 내가 영화에 관심을 가지니까 형이 극장에도 데려가 주고 영화에 관한 상식들도 많이 알려 줬어. 그때부터 거기 생활이 재미있어졌어

그 마음을 알 것 같았다.

디졸브 : 사실 그때까지 인생이나 미래에 대해서는 생각해 본 적이 없었거든. 그런데 영화를 알게 되면서 앞날에 대한 고민을 하게 됐어. 한국에 돌아와서 그럭저럭 견딜 수 있었던 것

도 영화 덕분이야. 영화를 만들려면 많은 경험을 하는 게 필수니까…

영화 이야기를 하자 재서는 디졸브로 돌아간 것 같았다. 소희는 디졸브를 다시 만난 게 좋았다. 이젠 디졸브의 이야기를 들어 주고 있는 것도 좋았다.

하늘말나리 : 영화 만들려면 어떻게 해야 되는데?

디졸브 : 대학에 가서 공부해도 되지만 난 고등학교부터 영상 연출을 배우고 싶어. 그런데 우리 엄만 내가 외고나 자사고엘 가기 바라

하늘말나리 : 그런 거 배울 수 있는 고등학교가 있어?

디졸브 : 서너 군데 있어. 경쟁률이 세긴 하지만 지원해 보려고

하늘말나리 : 넌 될 거야. 그런데 엄마 설득시킬 자신 있어?

디졸브 : 해 봐야지. 나 때문에 고생하는 엄마 생각하면 너무 미안하지만…

소희는 늘 이야기를 들어 주기만 하던 디졸브가 딱 한 번 자기 마음을 털어놓았던 때가 떠올랐다. 〈어둠 속의 댄서〉란 영화를 보고 말했던 엄마에 대한 부담감이었다. 자신이

엄마에게 종교 같다고 했던가. 재서는 엄마가 자식이 아니라 스스로를 위해 살았으면 좋겠다고 했다. 그때는 배부른 투정이라고 여겼는데 그 마음이 어떤 건지 이해가 갔다. 소희도 만일 엄마가 지금까지 자기만을 바라보고, 희생하며 혼자 살고 있다면 많이 부담스러울 것 같았다.

하늘말나리 : 엄마한테 미안해도 너 하고 싶은 대로 해. 나중에 후회하면서 엄마 원망하는 것보단 낫잖아. 엄마들이 진짜 바라는 건 자식의 행복일 거야

디졸브 : 와~ 하늘말나리님 맞아요?

하늘말나리 : 그동안 속은 거 생각하면 분해 죽겠지만 봐준다.

디졸브 : 실은 이야기하려고 했어. 채팅으로 하긴 좀 그래서 만나자고 하려다가…

클리셰를 생각나게 했던 아침이 떠올랐다. 그날 재서는 무슨 말인가 하려다가 지훈이 오는 걸 보곤 그냥 가 버렸다. 소희는 더 따지지 않기로 했다.

하늘말나리 : 암튼 맨날 내 이야기 들어 준 거 고마워

디졸브 : 뭘. 나도 거저 들어 준 건 아니었어. 그동안 하늘말나리

가 내 페르소나였으니까. ㅎㅎㅎ

하늘말나리 : 페르소나가 뭐임?

디졸브 : 감독이나 영화의 자화상? 감독이 영화에서 배우를 통해 자기 자신을 표출하는데 그런 역할 하는 사람을 페르소나라고 해

하늘말나리 : 뭐래. 그럼 너 나 보면서 영화 찍은 거야?

디졸브 : ㅎㅎ 아니라곤 못 하겠네. 암튼 나 같은 너 보면서 위로도 받았고, 네가 좀 더 자유롭고 편해지길 바랐어

하늘말나리 : 출연료도 안 주고 써먹은 건 괘씸하지만 나도 네가 원하는 걸 할 수 있도록 기도해 줄게

디졸브 : 고맙다, 정소희!

정소희. 재서가 불러 준 그 이름이 참 좋았다.

웰컴 ★ 리나

리나가 22일에 온다고 했다. 시험이 끝난 뒤 소희는 우혁, 우진과 함께 크리스마스트리를 꾸미기로 했다. 아주머니가 지하실 창고에서 트리 박스를 꺼내 왔고 엄마가 장식들을 더 사 왔다. 조립한 인조 트리는 우혁의 키만 했다. 트리가 놓일 위치는 벽난로 옆으로 집 안에서는 물론 정원에서도 잘 보였다.

우혁은 여전히 뚝뚝거리지만 갑자기 언행을 바꾸는 게 멋쩍어서임이 느껴졌다. 더 친밀감이 생긴 우진까지 데리고 트리를 꾸미는 동안 소희는 처음으로 명절이 즐거웠다. 그동안 소희가 겪은 설이나 추석, 크리스마스 같은 날들은 평소보다 더한 외로움이나 소외감과 함께 남다른 처지를 새삼스레 인식하는 날들이었다.

소희는 흐뭇한 표정으로 차를 마시고 있는 엄마를 보자 자신도 지훈처럼 따뜻하고 환한 거실 안에 있다는 게 실감났다. 소희와 우혁, 우진은 'WELCOME ★ LINA'라고 적힌 카드를 만들어 트리에 걸기로 했다. 셋이 한 부분씩 나누어 쓴 다음 트리를 감은 꼬마전구 줄에 걸었다. 처음엔 웰컴과 리나 사이에 하트를 그리려고 했으나 그 부분을 맡은 우진이 별로 하겠다고 고집을 부렸다.

"근데 리나 누나 되게 무서워. 맨날 소리 지르고 화내."

완성된 트리를 보며 우혁이 말했다. 리나가 떠날 때 네 살이었다는 우진은 누나에 대한 기억이 아예 없었다.

"소희 누나보다 더?"

우진의 물음에 우혁이 소희를 슬쩍 보더니 대답했다.

"훨씬 더. 그러니까 너도 조심하는 게 좋을 거야."

우진에게 꿀밤 주는 시늉을 하던 소희는 엄마 얼굴이 어두워지는 걸 보았다. 나중에 둘만 있을 때 엄마가 소희에게 말했다.

"리나하고 7년이나 살았는데 좋은 추억이 하나도 없어. 리나 처음 봤을 때 여덟 살이었는데 내가 자기 엄마 자리를 뺏은 줄 아는지 날 너무 미워하는 거야. 봐주는 것도 하루 이틀이지 너무 그러니까 어린애라도 싫더라. 사춘기가 되면서 얼마나 속을 썩이는지 정말 힘들었어. 엄마한테 간다니까 속이 다 시원하더라니까. 안 좋은 채로 헤어졌는데 여전히 그러면 어쩌나 불안해."

"너무 걱정 마세요. 아직도 그런 마음이면 오려고 하지 않았겠지요."

리나가 와도 방을 내주지 않겠다고 결심했던 소희는 다음 날 엄마에게 방을 옮기겠다고 말했다. 열흘이면 돌아갈 텐데 방 때문에 엄마를 힘들게 하고 싶지 않았다. 엄마가 살았다는 얼굴을 했다.

"그래 줄래? 우혁이더러 우진이 방에서 지내라고 할 테니까 불편해도 열흘만 그 방 써."

소희는 식구들에게 안 좋은 기억만 남아 있는 리나가 불청객 같았다. 문득 자기도 우혁에게 그런 존재였을 거란 생각이 들었다. 하지만 잔뜩 주눅 든 채 온갖 눈치를 보던 자신이 마치 자기 영지로 귀환하는 영주처럼 떠들썩하게 돌아오는 리나와 같은 존재로 취급되는 건 억울했다. 소희는 리나가 엄마나 자신에게 함부로 굴면 참지 않겠다고 단단히 마음먹었다.

리나가 오는 날 아저씨와 엄마는 공항으로 마중을 나갔

다. 학원을 빠지고 곧바로 집으로 온 소희도 우혁, 우진과 함께 아래층 거실에서 리나를 맞이했다. 검게 그을린 피부에 긴 파마머리를 하고 귓바퀴에 피어싱을 주렁주렁한 리나는 미국 드라마에 나오는 배우처럼 동작이 크고 활달했다.

"완전히 리노베이션했네요. 옛날 집이 아니에요."

영어 단어를 말할 때 굴러가는 발음인 것만 빼고는 한국말을 잘했다.

"네가 우혁이? 꼬마였는데 많이 컸네."

리나가 양팔을 벌렸지만 우혁은 제자리에 서서 머리를 긁적였다. 소희는 우혁이 자기가 처음 왔을 때보단 덜하지만 리나에게도 무뚝뚝하게 구는 게 마음에 들었다.

"안녕하세요? 나는 우진이에요."

붙임성 좋은 우진이 나서서 인사했다. 소희한테는 처음부터 반말을 하더니 리나한테는 거리감이 생기는 모양이다. 그것도 마음에 들었다.

"안녕! 반가워!"

리나가 벌렸던 팔로 우진을 안고는 뺨에 소리 나게 입을 맞췄다. 우진이 쑥스러운 표정으로 뽀뽀를 견뎠다. 다음 차례인 소희는 어떻게 첫인사를 해야 할지 고민하며 서 있었다. 우진과 떨어지며 리나가 소희를 보았다. 소희는 우진이 손으로 뺨을 닦는 걸 보며 리나에게 고개를 살짝 숙였다.

"네가 엄마 딸?"

소희는 리나가 그렇게 사이가 안 좋았다면서 스스럼없이 '엄마'라고 하는 게 신기했다.

"안녕하세요? 소희예요."

"반가워. 잘 지내자."

리나가 쾌활하게 말하며 손을 내밀었다. 소희가 그 손을 잡자 리나가 정말 반갑다는 듯 힘껏 흔들었다. 소희가 품고 있던 경계심과 적대감을 무색하게 만드는 행동이었다. 소희는 엄마 쪽을 바라보았다. 엄마도 그런 리나가 놀랍다는 표정이었다.

집 안을 둘러보던 리나는 크리스마스트리에 걸린 환영 카드를 보더니 활짝 웃었다.

"우리가 만든 거예요. 마음에 들어요?"

우진이 어깨를 으쓱거렸다.

"물론이야. 환영해 줘서 고마워."

리나가 환하게 웃으며 말한 뒤 엄마 쪽을 바라보았다.

"전 어느 방을 써요?"

"네 방 쓰면 돼."

엄마가 당당하게 말했다. 소희는 엄마의 '네 방'이란 말이 약간 서운했지만 양보하기를 잘했다고 생각했다. 안 그랬으면 지금까지 좋던 분위기가 한순간에 바뀌었을 게 분명했다.

"그 방이 비어 있었어요?"

리나가 반색을 했다.

"그동안은 소희가 썼어."

"내가 그 방 쓰면 소희는요?"

리나가 소희를 돌아다보았다.

"우혁이 방에서 지내기로 했어요."

소희의 대답에 리나가 얼굴을 찌푸렸다.

"그게 무슨 소리야? 지금 방 주인은 넌데 왜 네가 딴 방을 쓴다는 거야. 네가 괜찮다면 난 같이 지내도 좋아. 침대 같이 쓰는 거 싫으면 난 바닥에서 자도 되고."

뜻밖의 말에 소희는 오히려 당황해서 엄마 쪽을 바라다보았다.

"아니야, 리나야. 소희는 우혁이 방 쓰면 돼."

엄마가 손사래를 치며 말했다. 이미 그렇게 할 준비를 마쳤다.

"그러지 마세요. 그럼 여러 사람이 옮겨야 되잖아요. 소희야, 자매끼리 방 같이 쓰는 거 어때?"

자매끼리란 말에 전원이라도 넣은 듯 소희 가슴이 툭탁거리며 뛰었다. 소희가 자라면서 가장 부러웠던 건 부모 있는 애들보다 언니가 있는 애들이었다. 사이좋게 지내는 건 물론 티격태격하는 것까지 부러웠다.

“그래. 리나 말대로 하는 게 낫겠네. 열흘밖에 안 있는데 한방 쓰고 해야 정도 들지.”

지켜보고 있던 아저씨가 결론을 내렸다.

소희의 방

소희는 리나의 만류에도 불구하고 캐리어를 들고 앞장섰다. 마음에서 우러나온 행동이었다.

"옷은 이곳에 정리하시면 돼요."

방으로 들어온 소희가 옷장의 비워 놓은 칸을 가리켰다. 감회 어린 표정으로 방안을 둘러보던 리나가 메고 있던 가방을 책상 위에 내려놓았다. 카메라 가방 같았다. 소희는 그 안에 들어 있을 카메라에 대해 묻고 싶었지만 단둘이 되자 다시 어색해졌다. 자매끼리라고 말했던 리나도 말없이 가방을 열었다.

소희는 짐을 풀기 시작한 리나를 두고 자기 일을 하는 것도 야멸찬 것 같고, 옆에서 지켜보는 것도 어색해서 엉거주

춤 서 있었다. 리나가 가방에서 꺼낸 책을 들고 잠시 멈칫거리다 소희에게 내밀며, "볼래?" 했다. 소희는 할 일이 생긴 게 반가워 얼른 받아 들었다. 『메모리』라는 영어 제목 아래 주름살투성이 할머니가 어린 손녀를 품에 안고 있는 흑백 사진 표지가 시선을 끌었다.

"엘리사 케일이라는 사진작가 작품집이야."

리나가 말했다.

소희는 더 반가운 마음으로 책을 펼쳤다. 그런데 사진보다 영어로 된 글이 더 많았다.

"사진은 안 많은데요."

소희가 웃으며 말했다.

"그렇지? 미국 여성들의 일상을 찍는 작가로 유명한 사람인데 글도 잘 써. 그 작품집은 자전적인 거라 사진보다 글이 더 많아. 증조할머니부터 자기 딸까지 4대가 모델이거든."

"그럼 이 아기가 딸인가 보네요."

"응, 지금은 열 살도 넘었을걸."

"이 할머니는 미국 사람인데 동양 할머니 같아요."

"네이티브 아메리칸이라서 그런 느낌이 들 거야."

"그…… 게 뭐예요?"

"아, 인디언. 체로키 인디언 혈통이래."

"그렇구나. 언니, 사진 좋아해요?"

"응, 좋아해. 너도?"

"네."

소희가 수줍게 웃으며 대답했다.

"근데 꼬박꼬박 존댓말 듣는 거 이상하다. 그냥 반말하면 좋겠는데."

리나 말에 소희는 고개를 끄덕였다.

"너는 사진 보는 거랑 찍는 거 중에서 어떤 걸 더 좋아해?"

리나가 물었다.

"아직 잘 모르겠어요. 찍는 것도 좋고, 좋은 사진 보는 것도 좋아. 언니는요?"

존댓말 반말이 섞여 나왔다.

"난 그래픽 디자인 전공이라 둘 다 중요해. 근데 좋은 작품 보는 게 더 좋아. 내가 찍으면 그만큼 안 나와서 짜증 나거든."

리나가 웃으며 말했다. 소희는 그 기분을 알 것 같아 함께 웃었다.

"저는, 아니 나는 인물 사진이 좋아. 인터넷에서 최민식하고 스티브 맥커리라는 작가가 찍은 사진 처음 보고 되게 놀랐어."

소희는 처음 만나는 리나에게 스스럼없이 이야기하고 있는 자신이 신기했다.

"나도 스티브 맥커리 좋아하는데 최민식은 모르겠네. 짐 정리하고 봐야겠다. 인물 사진 좋아하면 레온 레빈스테인 사진도 한번 봐 봐."

소희가 메모지에 이름을 적으려고 하자 리나가 말했다.

"내 랩탑에 그 작가 사진 많으니까 이따 같이 보자."

소희는 머리를 맞대고 사진을 보는 모습을 상상하자 벌써 리나와 가까워진 기분이 들었다.

"언니, 그럼 저거 카메라야?"

소희는 처음 볼 때부터 궁금했던 걸 물었다.

"응, 오래간만에 왔는데 식구들이랑 풍경이랑 찍어 가야지. 우리, 나중에 같이 사진 찍으러 가자."

같이 할 일들이 늘어나는 것만큼 리나와의 거리도 쑥쑥 줄어들었다. 소희는 책을 덮고 리나가 가방에서 꺼내는 옷들을 받아 옷장에 걸었다.

"와, 예쁘다."

붉은 벽돌색 풀오버 스웨터를 본 소희가 말했다.

"너한테도 잘 어울릴 것 같은데. 한번 입어 봐."

소희는 리나의 채근에 옷을 입었다.

"키가 크니까 더 잘 어울린다. 내가 입으면 좀 길어 보여서 벨트로 줄여 입거든."

소희는 자기 모습을 거울에 이리저리 비춰 보았다. 소희가 마음에 들어 하자 그 옷을 준 리나가 말했다.

"우리, 여자끼리 쇼핑 가자."

"여자끼리?"

"그래. 너랑 나랑 엄마랑. 나 엄마하고 잘 지내다 가고 싶어. 옛날에 내가 너무 못되게 굴었거든. 네가 좀 도와줘."

소희가 고개를 끄덕였다. 여자끼리의 쇼핑은 생각만 해도 설렜다.

리나의 짐을 다 정리한 뒤 소희는 우혁의 방에 가져다 놓았던 자기 물건들을 다시 챙겨 왔다. 노크를 하려던 소희는 아무리 리나가 있다고 해도 자기 방문을 두드리는 건 이상해 그냥 방으로 들어갔다. 창가에 서서 밖을 내다보고 있던 리나가 돌아다보았다. 리나가 입꼬리를 한껏 올리며 웃었지만 소희는 그 전의 쓸쓸한 얼굴을 보아 버렸다. 밝았던 조금 전 표정이 아니었다.

소희는 물건들을 책상 위에 놓았다. 소희한테 혼자만의 얼굴을 들킨 걸 알았는지 리나가 말했다.

"가끔씩 내 방하고 여기서 보던 정원 모습 생각했었는

데……. 그대로여서 좋다."

소희의 마음이 스캐너처럼 리나 마음을 옮겨 받았다. 소희는 리나가 어떤 기분인지 알 것 같았다. 5년 만에 자기 집이라고 돌아왔는데 고친 집은 예전과 달라져 있고, 그사이 자란 동생들과는 서먹하고, 아빠는 자신이 빠진 가족들과 잘 살고 있고, 새엄마와는 여전히 거리감이 있고, 자기 방은 새엄마가 데려온 딸이 쓰고 있고……. 지금 리나가 마음을 붙일 데라곤 풍경뿐인 것이다. 소희 역시 이곳에 서서 이방인이 된 듯한 마음으로 달밭마을의 모습을 찾곤 했다.

"여긴 언제나 언니 방이니까 마음 편하게 지내."

소희가 말했다. 진심이었다.

"그렇게 말해 줘서 고마워. 그런데 이상한 기분이 든다. 열다섯 살 때 떠났다 5년 만에 돌아왔는데, 역시 열다섯 살인 여자애가 이 방에 살고 있다는 게……. 다른 건 다 변했는데 이 방만 바뀌지 않고 날 기억해 주는 것 같아. 앞으로 이 방 생각하면 너도 함께 떠오를 거야."

시간의 너머

저녁 식탁은 평소보다 더 풍성했다.

"이제 온가족이 모두 모였구나. 식탁이 가득한 게 안 먹어도 배가 부른데."

아저씨는 얼굴 가득한 웃음을 주체하지 못했다. 소희는 아저씨가 그렇게 환한 표정을 짓는 걸 처음 보았다. 그동안 얼마나 리나를 그리워했는지 알 것 같았다.

집 안 가득 새롭고 화사한 기운이 감돌았다. 소희는 같은 식탁에서 맞이했던 첫 식사 때를 떠올렸다. 우진만 빼놓고는 엄마까지 모두 어색하고 서먹해했었다. 아저씨가 분위기를 띄우려고 애를 썼지만 큰 효과는 없었다.

소희는 그때와는 다른 분위기를 보며 그 이유를 생각해

보았다. 나는 엄마 딸이고 리나는 아저씨 딸이라서 그런가. 좋든 나쁘든 추억이 있는 사이들이라서 그런가. 이상한 건 리나와의 사이에 아무런 기억이 없는 자신도 설레는 기분으로 앉아 있는 거였다.

소희는 재잘거리는 우진의 말을 주의 깊게 듣고 있는 리나를 바라보았다. 오늘의 주인공인 리나는 온 식구들을 골고루 배려하며 대화를 이끌어 갔다. 무거움과 가벼움의 균형을 잘 맞춘 이야기 덕분에 분위기는 산뜻하고 유쾌했다. 긴 파마머리를 올려 방울 장식이 있는 비녀로 고정한 리나에게선 발랄한 매력이 넘쳤다. 소희는 저녁을 먹으러 내려오기 전에 리나와 나눈 대화를 떠올렸다.

“아까, 엄마랑 잘 지내게 도와 달란 말 그냥 한 소리 아니야. 이 방에 살 때 엄마한테 엄청 못되게 했거든. 벌써 알고 있을지 모르겠지만.”

“사실은 나도 엄마랑 아직 많이 안 친해.”

“그래? 하긴 나도 친엄마 만나면 무조건 좋을 줄만 알았는데 그렇지도 않더라.”

리나가 고개를 끄덕였다.

“언니는 친엄마 만났을 때 뭐가 제일 힘들었어?”

소희는 자기도 모르게 물었다.

"음……. 엄마가 나 없이도 잘 살고 있는 거. 배신감 같은 거 때문에 처음에 많이 싸웠어. 말도 안 듣고, 막 반항하고."

표현 방식은 달랐을지 몰라도 소희의 속내는 리나와 다르지 않았다.

"엄마한테 가면 여기는 싹 다 잊게 될 줄 알았어. 좋은 기억이 하나도 없다고 생각했거든. 그런데 어느 순간부터 불쑥불쑥 생각나면서 그리워지는 거야."

고모네 집에서 엄마 집의 아침 풍경을 떠올릴 때 느꼈던 감정 같은 건지 모른다. 살면서 자기도 모르게 익숙해진 것들이 문득문득 떠올라 마음이 아려 오는 것.

"알 것 같아, 어떤 건지."

"처음엔 그런 감정 드는 것도 싫었어. 그래서 억누르고 모르는 척했지. 그런데 어느 날부터 뭐가 마음을 쿡쿡 찔러 대는 거야. 정말로 가슴이 아프더라니까. 상담 닥터가 자기감정을 있는 그대로 보고, 표현해야 낫는다고 하더라고. 아, 처음 만난 동생한테 내가 지금 뭐라는 거야. 쏘리. 네가 5년 전 나 같아서 편하게 속 이야기가 나오네. 넌 엄마 만났을 때 뭐가 힘들었어?"

소희는 리나의 물음에 솔직하게 마음을 털어놓았다. 소희는 처음 보는 사람과 단숨에 마음을 열고 대화를 나눌 수 있다는 게 신기했다. 한 방을 쓰지 않았다면 리나를 엄마와 우혁의 기억 속 모습과 비교하며 경계했겠지. 또 리나의 사려 깊은 태도를 그저 외국물 때문이라고 생각했을 거다.

이제 소희는 리나가 겪은 세월의 이면도 짐작할 수 있었다. 리나도 엄마에게 좋은 딸이 아니었지만 엄마 역시 리나에게 좋은 엄마가 아니었을 수 있다. 엄마와 우혁이 기억하는 못된 모습은 아픔을 표현하는 리나의 방식이었을 거다. 리나 말대로 오래간만에 만난 친엄마와도 많은 갈등이 있었을 테고. 낯선 외국 생활 또한 자신의 전학과는 비교도 되지 않을 만큼 어려웠을 것이다. 리나의 스무 살은 그 모든 걸 겪어 낸 스무 살이다.

소희는 5년 뒤를 생각했다.

'그때는 나도 리나 언니처럼 멋진 스무 살이 될 수 있을까.'

스무 살이 된 자신을 떠올리자 가슴이 두근거렸다. 물론 그때가 되면 다시 그 너머에 또 다른 나이와 삶이 기다리고 있을 거다. 하지만 지금 당장은 리나를 닮은 스무 살만 생각하고 싶었다. 또래 아이들보다 많은 일을 겪은 시간도 삶에 스며들어 멋진 스무 살이 되도록 도와줄 것이다. 리나의 시간이 그랬듯이.

그날 밤

리나가 떠나기 이틀 전 밤이었다. 소희는 학원에서 아이들과 과자 파티를 한 뒤 노래방에서 놀다 좀 늦게 돌아왔다. 리나는 가방을 싸고 있었다. 곧 떠날 리나를 두고 늦게 온 게 미안해진 소희가 물었다.

"도와줄까, 언니?"

"고마워. 혼자 할 수 있어."

리나의 표정이 우울해 보였다. 돌아갈 날이 다가와서 그런 모양이다. 소희도 리나가 떠난 뒤를 생각하면 벌써 서운하고 허전했다. 엄마와 함께 쇼핑도 하고, 단둘이 전시회와 영화를 보며 행복한 추억을 쌓은 걸로 위안을 삼았다.

샤워를 하고 나오니 채경으로부터 메시지가 와 있었다.

- 여기 대박이야! 너도 왔으면 좋았잖아!!

흥분한 목소리가 들리는 듯했다. 채경은 학교에서 주최한 단체 스키 캠프에 참가 중이다. 소희도 가고 싶었지만 엄마가 가족끼리 스키장에 갈 거라면서 신청하지 말라고 했다.

"리나 와 있을 땐데 사흘씩이나 가는 건 좀 그렇잖아."

소희는 그보다 당연히 자신이 스키장에 여러 번 가 봤을 거라고 생각하는 채경 때문에 엄마 말을 들었다.

- 내 거까지 재밌게 놀다 와~
- 좀 전에 영감부 애들끼리 모여서 선물 교환했는데 재서한테 목도리 짠 거랑 편지 줬어
- 재서랑 잘되길 팍팍 응원할게. 홧팅!!

소희는 채경에게 상처가 될 만한 일은 생각으로라도 하고 싶지 않았다. 캠프 기간 동안 둘 사이에 진전이 있기를 빌었다.

그때 지훈으로부터 메시지가 왔다.

- 통화 가능해?

소희는 따뜻하고 부드러운 지훈의 목소리가 듣고 싶었다. 하지만 기분이 가라앉은 리나 옆에서 남자 친구와 통화를 하기가 미안했다. 소희는 잠시 기다리라고 답한 뒤 아래층으로 내려갔다. 조금 전 집에 왔을 때 엄마가 아저씨는 방에서 쉬시니까 인사하지 않아도 된다고 했던 걸 생각하며 지하실로 갔다.

지하실에는 스크린 골프 시설과 오디오 시스템, 소파 세트가 있는 너른 공간과 창고처럼 쓰이는 작은 방이 있었다. 방에는 아이들이 어렸을 때 가지고 놀던 장난감이나 안 쓰는 물건이 가득했다. 센서 등이 꺼진 뒤에도 작은 창으로 정원의 불빛이 흘러들어 아주 캄캄하지는 않았다.

소희는 방으로 들어갔다. 그리고 구석에 놓인 흔들의자에 앉아서 지훈과 통화를 했다. 지훈은 영화 감상부 아이들을 보니까 소희 생각이 더 난다고 했다.

"나, 정말 너 많이 좋아하는 거 같아. 네가 없으니까 너무 허전하고 심심해. 스키 타는 재미라도 없었으면 당장 집에 갔을 거야."

지훈은 멀리 떨어져 있어서인지 평소보다 더 적극적으로 감정을 표현했다. 소희는 지훈의 말들이 부드러운 깃털처럼 귓가와 마음을 간질이는 것 같았다. 잡동사니들이 들어차 있는 컴컴한 방 안이 지훈과 단둘이 있는 달콤하고 화사한 공간으로 바뀌었다.

휴대폰이 뜨거울 정도로 이야기를 나누던 소희는 지하실 문이 열렸다 텅 하고 닫히는 소리에 전화를 급히 끊었다. 문을 닫을 시간도 없었다. 도우미 아주머니는 퇴근했을 테니 이 시간에 지하실로 내려올 사람은 아저씨밖에 없다. 방에서 쉬신다고 했는데 어쩐 일이지. 소희는 아저씨의 공간에서 마주치는 게 민망했지만 잘못한 일도 없는 터라 밖으로 나가려고 일어섰다.

그때 아저씨가 방 앞을 휙 지나쳤다. 타이밍을 놓쳐 주춤거리는 사이 리나도 지나갔다. 그들은 조금 열려 있는 방문 따위에는 신경도 쓰지 않았다. 분위기로 보아 둘이 긴히 할 이야기가 있는 모양이었다. 하긴 곧 돌아가는 리나와 아저씨에게 부녀의 정을 나눌 시간이나 공간이 필요할 거다.

방에서 기역 자로 꺾인 곳에 소파가 놓여 있어서 문을 다 연다 해도 아저씨와 리나 모습은 보이지 않았다. 소희는 기회를 보아 방에서 살짝 빠져나가야겠다고 생각하고 문 옆에서 있었다.

"여기는 올 사람 없으니까 이야기해 봐. 무슨 고민거리라도 있는 거야?"

아저씨의 목소리가 들려왔다. 리나가 먼저 이야기를 하자고 했나 보다. 소희는 남의 대화를 몰래 엿듣는 꼴이 된 게 난처하면서도 무슨 이야기인지 호기심이 생겼다. 잠시 뜸을 들인 뒤 리나가 말했다.

"떠나기 전에 이 얘기를 할까, 말까 많이 망설였어. 아빠하고 다시 나빠지기 싫으니까. 근데 아무래도 해야겠어."

아저씨의 태평인 목소리에 비하면 리나 목소리에는 긴장감이 서려 있었다.

"무슨 이야긴데 그래? 어떤 이야기든 괜찮으니 해 봐."

아저씨의 말투는 언제나처럼 여유 있고 너그러웠다.

"아빠하고 엄마, 왜 헤어졌는지 알고 있어."

"그게 무슨 소리야?"

"엄마가 먼저 헤어지자고 한 거 때문에 처음엔 엄마만 원망했어. 하지만 나중에 헤어진 이유를 듣고 아빠가 얼마나 미웠는지 알아?"

소희는 그 이유가 엄마 때문은 아닌가 싶어 불안해졌다. 정말로 엄마가 리나 엄마 자리를 뺏은 거면 어쩌지. 그런 거면 소희도 엄마에게 실망할 것 같았다.

"뭐, 내가 폭력이라도 휘둘러서, 그래서 헤어졌다고 네 엄마가 그러디?"

아저씨가 코웃음을 치며 물었다. 탐조등 같은 불빛이 소희 머릿속에 각인돼 있는 한밤중 정원의 일을 훑고 지나갔다.

"그럼 아니야?"

반문하는 리나의 목소리가 날카로웠다.

"그래, 내가 몇 번 네 엄마한테 손을 대기는 했어. 하지만 따귀 몇 번 때린 정도야. 그런 걸로 이혼한다면 대한민국에 이혼 안 하는 부부, 한 사람도 없을 거다."

아저씨의 목소리는 당당했다. 소희는 자기도 모르게 주먹을 부르쥐었다.

"뭐? 아빠 지금, 따귀 몇 대 정도는 폭력이 아니라고 하는 거야? 어떻게 딸 앞에서 그런 말을 할 수 있어! 부끄럽지도 않아?"

리나가 소희 대신 소리를 질렀다.

"내가 욱하는 성질을 참지 못하는 건 있지만 그때만 지나면 돼. 그런데 네 엄마는 끝까지 따지고 덤벼서 없던 화도 끓어오르게 만들어. 내가 때려서 헤어졌다는 건 핑계야. 네 엄마랑은 애초부터 맞는 게 하나도 없었어."

소희는 당장 뛰쳐나가 그럼 엄마에게는 왜 그런 짓을 한 거냐고 따져 묻고 싶었다.

"좋아. 엄마랑은 헤어졌으니까 그 얘긴 안 하겠어. 그런데 새엄마한테는 왜 그러는 거야?"

리나가 어떻게 알지? 아저씨가 또 그런 걸까? 소희는 한 걸음 더 문가로 다가섰다.

"뭐, 뭘?"

아저씨의 짧은 말에 당황함이 비쳤다.

"어젯밤에 봤어. 아니, 옛날에도 본 적이 있어. 그때는 새엄마가 너무 싫어서 신경 쓰지 않았어. 근데 엄마 이야기 듣는데 자꾸, 그때 모른 척한 게 마음에 걸리는 거야. 여름 방학 때 할머니 만나러 갔었는데, 할머니도 알고 계셨어. 아빠가 그러는 거 보기 싫어서 한국에 안 오는 거라고 고모가 그랬어. 알면서 모두 모르는 척하고 있는 거라고. 그래도 난 이제는 아빠가 반성하고 변했을 거라고 기대했어. 근데 어젯밤 아빠 모습 보고 너무 창피하고, 새엄마나 동생들한테 미안해서 죽는 줄 알았어. 지금 당장 호텔로 나가고 싶은데 다른 식구들이 이상하게 생각할까 봐 참고 있는 거야."

이젠 나갈 수가 없게 됐다. 소희의 심장은 아저씨나 리나가 들을까 봐 겁날 정도로 크게 뛰었다. 어젯밤이라면 모두 모여 저녁을 먹고 흥겨운 시간을 보내다 방으로 돌아왔다. 그리고 소희는 책을 읽다 리나보다 먼저 잠이 들었다. 지난번의 소희처럼, 리나 혼자 그 광경을 보았을 거다. 그때 소희는 모르는 척 넘어갔지만 리나는 그러지 않았다.

"어, 어젠……, 우진 엄마가 고집이 좀 세. 뭐 때문에 수가 틀려 한번 입 다물면 사람 속을 뒤집어 놓아. 그런데 내가 욱해도 우진 엄마는 자기 성격 때문에 그렇게 된 거 알고 그냥 넘어가. 오늘, 아무 일 없었던 것처럼 하는 거 봤지? 네 엄마 같았으면 친정으로 어디로 사방팔방 소문내고 일주일씩은 머리 싸매고 누워 있었을 거다."

소희의 주먹 쥔 손이 부들부들 떨렸다.

"아빠!"

리나가 비명 지르듯이 외쳤다.

"그걸 말이라고 해? 맞은 사람만 참으면 문제가 아니라는 거야? 진짜 실망이다! 엄마가 참지 않은 게 이제 보니 다행이네. 엄마가 나 때문에 참고 살면서 그런 모습을 보였다면 난 아빨 용서하지 않았을 거야."

리나의 말을 들으며 소희는 방바닥에 주저앉았다. 그 순간 엄마가 말하던 족쇄의 의미를 분명하게 깨달았다. 아저씨는 자신의 우발적인 폭력을 엄마가 대수롭지 않게 여기는 것처럼 말했지만 소희는 자기가 닮은 엄마 성격을 알았다. 자존심이 센 엄마는 남편에게 맞은 사실을 자신에게조차 인정하는 게 싫었을 거다. 그래서 아무 일 없는 것처럼 행동하는 거다. 두고 온 딸이 아니었으면, 그로 인한 아픔을 겪지 않았다면 엄마도 리나 엄마처럼 용기를 냈을지 모른다.

"네 엄마가 아주 단단히 세뇌를 시켰구나. 우진 엄마하고는 큰일 아니니까 그렇게 확대 해석할 필요 없어."

아저씨가 화난 목소리로 말했다. 소희는 덜덜 떨리는 자신의 몸을 꽉 끌어안았다. 당장이라도 뛰쳐나가 대들고 싶었지만 리나를 생각해 억지로 참았다.

"확대 해석이라고? 그거 땜에 내가 미국에서 오랫동안 심리 치료 받은 거 알아? 그때 모른 척한 게 다 상처로 남은 거 아느냐고. 아빠, 새엄마는 내 동생들 엄마잖아. 새엄마, 겉으로는 아무렇지 않게 보여도 안으로 병들고 있을 거야. 만약에 그걸 본 애가 있으면 그 애도 함께 병들어 가는 거라고. 그러니까 제발 별일 아니라고 말하지 마!"

리나가 쿵쿵 발을 구르며 소리쳤다. 리나는 울고 있었다. 소희 대신 아저씨에게 따지고 대들며 울고 있다. 소희는 터져 나오는 울음을 손바닥으로 막았다.

"누가 들으면 내가 무슨 엄청난 폭력이라도 휘두르는 사람인 줄 알겠다. 우진 엄마는 내 진심을 아니까 가끔씩 욱하는 성미를 받아 주는 거야. 어쨌거나 너한테는 면목이 없다. 앞으로는 조심하마."

아저씨가 당황한 듯 풀 죽은 목소리로 변명했다.

"조심이 아니라, 그런 행동을 해서는 안 된다고!"

"알았어."

"정말이지? 약속하는 거야."

"그렇다니까."

"아빠 믿어 볼게. 또 그런 일 있으면 나 다시는 아빠 안 볼 거야, 영원히!"

"그래, 알았어."

잠시 뒤 리나가 방 앞을 지나갔다. 아저씨는 조용했다.

할머니와 살 때 소희는 가끔, 아주 가끔 엄마를 떠올렸다. 어디선가 행복하게 살고 있을 거라고 여겼고 그때 부끄럽지 않은 모습으로 만날 수 있도록 열심히 살아야겠다고 생각했다. 하지만 엄마는 그동안 자식이라는 족쇄에 갇혀 시나브로 허물어져 가고 있었다. 그런데 소희는 그 장면을 목격했으면서도 이 핑계, 저 핑계를 대며 외면했다. 소희는 흑흑 흐느껴 울었다.

기척이 느껴져 고개를 든 소희는 방문 앞에 서 있는 아저씨를 보았다. 아저씨는 무어라 설명하기 어려운 표정을 한 채 서 있었다. 소희는 눈물범벅이 된 얼굴로 천천히 일어섰다. 그리고 아저씨를 똑바로 보며 한 마디, 한 마디 힘주어 말했다.

“아저씨, 우리 엄마한테 더는 그러지 마세요. 엄만 어쩔 수 없어서 참고 있는 거예요. 괜찮아서가 아니라 죽을힘을 다해서 견디고 있는 거라고요…….”

거세게 터져 나오는 울음 때문에 말을 잇기가 힘들었다.

아저씨는 무슨 말인가를 하려고 입술을 떼었다가 그만두곤 돌아서서 지하실을 나갔다. 계단을 밟는 소리가 무겁고 느렸다.

열여섯 살

새해가 되고 소희는 열여섯 살이 됐다. 새해 첫날 리나가 떠날 때 온 식구가 공항으로 배웅을 나갔다. 소희는 리나와 식구들 중 누구보다 깊은 포옹을 나누었다.

"잘 지내. 앞으로는 메신저도 하고, 통화도 하고 그러자."

소희는 고개를 끄덕였다.

지난밤 소희는 리나에게 지하실에서의 일과 한밤중 정원에서의 일을 보았음을 고백했다.

"엄만 날 아기 때 떼어 놓은 것 때문에 죄책감을 갖고 있어. 우혁이하고 우진이한테 또 같은 상처를 줄까 봐 참고 산 거야. 나 때문이야."

리나가 우는 소희를 꼭 안았다.

"너 때문이라고 자책하지 마. 엄마의 불행이나 고통을 외면하라는 게 아니라 그걸 네 것으로 만들어선 안 된다는 말이야. 엄마는 엄마고 너는 너야. 우리는 모두 각자 인생을 사는 거야. 이건 닥터가 내게 해 준 말이야. 대신 넌 너나 네가 사랑하는 사람들이 부당한 일을 당할 때 할 수 있는 일을 하면 돼. 네 마음이 건강해야 어떤 상황이 벌어졌을 때 올바른 판단을 하고 당당하게 표현하거나 행동할 수 있어."

리나가 소희 등을 토닥이며 말했다. 소희에게 리나는 마치 크리스마스 선물, 아니 선물 보따리를 들고 온 산타 같았다.

리나가 출국장으로 들어간 뒤 돌아서는 엄마 눈가가 촉촉했다. 아저씨가 엄마를 감싸 안고 다독거리자 엄마가 아저씨 어깨에 머리를 기댔다. 그 모습을 보며 소희는 속으로 '아빠'란 말을 연습해 보았다. 아저씨가 또 엄마에게 나쁜 행동을 하면 리나처럼 딸로서 제지하고 항의하고 싶었다. 그리고 달라진 아저씨로부터 아빠의 사랑을 받고 싶었다.

며칠 뒤 소희네 가족은 홍천에 있는 스키장에 갔다. 소희는 눈밭을 뒹굴며 우혁에게 스키를 배웠다. 타박하면서도 우혁은 자세부터 차근차근 가르쳐 줬다. 우진은 소희가 넘어질 때마다 달려와 손을 내밀어 주었다. 아저씨는 소희가 볼 때면 더 열심히 엄마를 챙기고 다정하게 대했다. 소희는 흐뭇해하면서도 경계의 시선을 늦추지 않았다. 우연히 단둘이 있게 됐을 때 아저씨가 주저하다가 입을 열었다.

"소희야, 미안하다. 그동안 많이 생각했는데, 아저씨가…… 잘못했어. 앞으로는 그런 일 없을 테니까 마음 놔도 돼. 리나한테도 말 좀 잘해 줘."

단둘이 있는 게 어색해 피하고만 싶었던 소희는 놀란 눈으로 바라보았다. 아저씨가 헛기침을 하며 슬그머니 눈길을 피했다. 소희는 침을 꿀꺽 삼킨 뒤 용기 내 말했다.

"사과는…… 엄마한테 하세요…… 아빠."

아저씨가 돌아오는 길에 할머니 댁에 들르자고 했다.

"소희도 인사드려야 하고, 우리도 장모님 살아계실 때 한 번이라도 더 봬야 하잖아. 그치, 소희야?"

아저씨가 룸미러로 소희를 바라보며 한쪽 눈을 찡긋했다.

"네, 아빠."

아빠 소리가 좀 더 자연스럽게 나왔다.

소희는 엄마 본가 식구들과의 만남이 어색하기만 할 줄 알았다. 하지만 소희를 보자마자 울면서 어루만지는 할머니의 손길에 어색함은 물론 서운했던 마음까지 사라졌다. 할머니는 달밭마을의 할머니와 크게 다르지 않았다. 소희가 온다는 소식에 달려온 두 이모는 기억하고 있는 소희의 아기 때를 앞다투어 말했다. 소희는 할머니 댁에서 리나의 귀환 때 못지않은 환대를 받았다.

헤어질 때 이모들의 부축을 받으며 대문 밖까지 나와 오래도록 손을 흔들고 서 있는 할머니에게 달밭마을 할머니의 모습이 겹쳐졌다. 할머니를 돌아가시기 전에 볼 수 있어서 다행이라고 소희는 생각했다.

집으로 돌아온 소희는 페이스북에 들어갔다. 스키장과 할머니 댁에서 찍은 사진들을 올리던 소희는 누군가 남겨 놓은 댓글에 가슴이 철렁했다. 미르가, 달밭마을의 미르가 '월전 초등학교 졸업한 윤소희 맞아요?'라는 글을 남겨 놓았다. 그런데 채경이 '아니에요. 정소희예여.'라는 댓글을 달았다. 소희는 떨리는 손으로 미르의 글을 삭제하려고 했으나 댓글이 달린 글은 지워지지 않았다.

소희는 자신에 관해 채경이 잘못 알고 있는 것들을 밝혀야 할 때라는 생각이 들었다. 지훈에게도 마찬가지였다. 하지만 용기가 나지 않았다. 소희는 재서에게 고민을 이야기했다.

– 그 사실을 밝혀야만 진정한 친구고, 안 밝히면 진정한 친구

가 아닌 건 아니지

- 그래도 채경이랑 지훈 오빠를 속이는 거 같아서 늘 불편해
- 그럼 네가 편한 쪽을 선택해
- 나한테 실망하면 어쩌지?
- 솔직하게 말했는데 그렇게 나오면 그 애들이 진정한 친구가 아닌 거고

소희는 며칠을 고민하다 결국 이야기하는 쪽으로 결정했다. 잘못 꿴 첫 단추를 바로잡으려면 모두 풀어 다시 잠가야 하는 법이다. 소희는 잘못 꿴 첫 단추 때문에 거짓말에 거짓말을 보태야 했던 일을 계속 이어 가고 싶지 않았다.

소희는 채경에게 먼저 말하기로 했다.

"내 페북에 어떤 애가 나, 윤소희 아니냐고 물어보는 글 남긴 적 있었지?"

"응, 내가 윤소희 아니고 정소희라고 댓글 달았잖아."

"채경아, 나 윤소희 맞아. 전엔 윤소희였어."

소희 목소리가 떨렸다. 처음부터 이렇게 말했다면 좋았겠지만 그땐 말하기 힘들었다. 소희는 지난 일을 후회하지 않기로 했다.

"이름을 바꾸는 건 몰라도 어떻게 성을 바꿔?"

채경이 눈을 동그랗게 떴다.

"원래 윤소희였는데 새아빠 성으로 바꿔서 정소희가 된 거야. 우리 아빠, 새아빠야."

소희는 그동안 채경에게 했던 거짓말들이 생각나 부끄러웠다. 채경이 절교를 선언해도 진정한 친구가 아니라는 생각은 하지 말자고 다짐했다. 하지만 채경이 삶에서 빠져나간다면 그 자리는 상상만으로도 너무 크게 여겨졌다.

"대박! 너 정말 전생에 유관순이나 잔 다르크였던 거 아냐? 어떻게 너희 엄마는 재혼을 하셔도 그런 부자랑 하냐?"

전혀 예상하지 못했던 채경의 반응에 얼떨떨했지만 소희는 정식으로 사과했다.

"솔직하게 말하지 않아서 미안해."

"뭐래. 정소희든, 윤소희든 너는 너잖아. 그거면 됐어. 너 오늘 햄버거 쏴. 부잣집 딸인 것도 그대로잖아."

소희는 채경의 장난스러운 태도에서 진심을 읽었다. 그리고 정말 미안한 건 채경을 믿지 못했던 것임을 깨달았다. 가슴을 짓누르고 있던 무언가 걷힌 자리에 박하 향처럼 상큼한 향기가 가득 찼다. 그리고 지훈에게도 말할 용기가 생겼다.

그날 밤 소희는 달밭마을을 떠날 때 미르에게 선물로 받았던 다이어리를 꺼내 새해의 속지를 끼웠다. 작은집에서 지난 일기를 찢어 버리면서도 미르가 준 벽돌색 가죽 장정은 차마 버리지 못한 채 지금까지 지니고 있었다. 바우가 그려 준 하늘말나리 그림도 마찬가지였다. 그걸 알면 미르와 바우도 연락을 끊었던 걸 용서해 줄 것 같았다.

소희는 다이어리에 새해 첫 일기를 쓰기 시작했다.

고모네 집에서 다시 집으로 돌아오던 날, 능소화 덩굴이 줄기만 남아 벽에 달라붙어 있는 걸 보았다. 담장을 뒤덮었던 여름날의 푸르고 붉었던 찬란함에 비하면 초라하기 그지없는 모습이었다. 하지만 산다는 일의 진정한 의미는 여름날의 무성함과 찬란함이 아니라 겨울날의 초라함과 힘겨움에 담겨 있는 건지도 모른다.

달밭마을의 느티나무처럼 밧줄에 가지를 의지한 채 눈바람을 맞는 일이, 그것을 견디는 일이 인생일 것이다. 내가 행복을 느끼는 순간에도 삶은 그럴 테지. 그걸 알기에 나는 앞으로 이 일기장에 담기는 행복하고 즐거운 일은 물론 힘들고 괴롭고 아픈 일까지도 모두 다 사랑할 것이다. 그럴 것이다.

작가의 말 _ 초판

결핍과 상처로 성장하는 아이들

"달밭마을을 떠난 소희는 어떻게 됐어요?"

작년 겨울, 한 중학교에 강연을 갔다가 여학생으로부터 이런 질문을 받았다. 2009년은 장편동화 『너도 하늘말나리야』가 나온 지 10년째 되는 해였다. 책이 나온 뒤 독자들로부터 심심찮게 후속편을 요구하는 이야기를 들었지만 그다지 마음이 움직이지는 않았다.

"소희는 속이 깊고 야무진 아이니까 자신의 삶을 꿋꿋하게 잘 살아가고 있을 거예요. 나는 소희를 믿어요."

여학생의 질문에 대한 내 대답이었다. 그런데 그 대답이 명치끝에 얹혀 내려가지 않았다. 나는 달밭마을을 떠난 소희의 삶을 생각하기 시작했다. 소희는 결핍과 상처로 조숙해진 아이들의 결정체이다. 미르가 자기 집에서 함께 살자고 했지만 자존심 강하고 사려 깊은 소희는 작은집을 선택했다. 나는 그런 소희가 안쓰러우면서도 대견해 그 애의 선택을 존중해 주었다. 그리고 막연히 어디서든, 하늘을 향해 보고 핀 하늘말나리처럼 꿋꿋하게 잘 살아갈 거라고 믿고 있었다.

하지만 그동안 내 아이들의 청소년기를 지켜보고, 여러 편의 청소년소설을 쓰면서 계속 소희가 마음에 걸렸던 걸 모른 척했음을 인정해야 했다. 『너도 하늘말나리야』를 쓸 때 어려운 환경에 놓인 소희가 이해와 소통을 통해 상처를 이기고 성장해 가는 모습에만 관심을 가졌지 그 아이의 억눌린 본성에 대해서는 깊이 생각해 보지 않았던 것이다.

소희는 그동안 어떻게 살았을까? 그 아이에게는 그 또래 아이들다운 욕망이 없었을까? 잘 살고 있을 거라는 믿음에 살짝 딴지를 걸었을 뿐인데 소희는 참았던 자기 이야기를 쏟아 놓기 시작했다.

이 작품을 쓰는 동안 나는 계속 '욕망'에 대해서 생각했다. 달밭마을의 소희는 자신이 처한 환경에 비해 비현실적일 만큼 내면이 충만한 아이였다. 할머니와 달밭마을의 품을 벗어난 뒤에야 소희는 비로소 자기 자신을 사회화된 시선으로 보게 된다. 관계나 물질에 대한 결핍을 깨닫고 그것을 갈구하는 소희의 모습이 어떻게 보면 더 불행하게 비춰질지 모르겠다. 하지만 건강한 욕망은 인간을 성장하게 만들고, 삶의 질을 높이는 원동력이 된다고 생각한다. 소희가 욕망을 표출하며 본성을 회복해 가고, 어렵게 이뤄 가는 과정을 통해 인간과 삶의 본질과 그 이면을 그려 보고 싶었다.

소희가 막혔던 봇물이 터진 것처럼 자기 이야기를 들려주었던 것과 달리 막상 쓰기 시작하자 자꾸 막혔다. 무엇보다 『너도 하늘말나리야』와 달밭마을의 소희를 기억하고 사랑하는 독자들에 대한 부담감이 마음을 무겁게 짓눌렀다. 이야기를 끝낸 지금, 『소희의 방』을 완성할 수 있었던 건 결국 달밭의 소희를 사랑해 주신 분들 덕분이었다는 생각이 든다. 감사할 뿐이다. 아울러 이 작품이 『너도 하늘말나리야』를 읽지 않은 분들께도 같은 재미와 감동으로 다가가길 빈다.

2010년 마지막 자락에서

이금이

일찍 철들 필요 없어

『소희의 방』은 『너도 하늘말나리야』가 출간된 지 11년 만에 쓴 작품이다. 이번 개정판 작업도 공교롭게 11년 만이다. 개정 작업을 하면서 각각의 사이에 놓인 11년이란 세월이 아이들을 보는 내 시선을 어떻게 바꾸어 놓았는지 돌이켜 보게 되었다.

독자로부터 성인인 내가 어린이나 청소년의 심리를 어떻게 아는지에 관한 질문을 받곤 한다. 물론 내겐 아주 강력한 비법이 있다. 그런데 그 비법은 나뿐 아니라 온 세상 어른들이 다 가지고 있다. 그건 바로 예순 살이 넘은 내게도 아이였던 때가 있다는 것!

나는 글을 쓸 때 등장인물 나이와 같았던 때의 나를 불러낸다. 그 아이를 작품의 설정과 상황 속에 놓고 깊이 응시하면 아이는 작품 속 등장인물이 돼 자신의 마음을 속속들이 보여 준다. 글을 쓸 때만큼은 열세 살이 되고, 열다섯 살이 되는 거다. 더 어린 여덟 살로 돌아갈 수도 있다. 나는 그 사실이 동화와 청소년소설을 쓰는 작가로서 부가적으로 누리게 되는 기쁨이라고 늘 말하곤 한다.

하지만 고백하건대 『너도 하늘말나리야』의 미르, 소희, 바우를 그릴 때는 내 안의 나에게 집중하지 못한 것 같다. 그 아이보다, 현실의 내 두 아이가 더 강렬하게 나를 사로잡고 있었기 때문일 거다. 내 아이들이 자라면서 그 애들에게 일상에서 잔소리를 하는 대신 해 주고 싶은 이야기를 작품에 담았다. 가장 힘든 상황에 놓인 소희를 그리면서도 그 애의 현실, 그로 인한 심리나 상처를 핍진하게 표현하는 대신 내 아이들이 갖기를 바라는 마음가짐이나 삶의 자세를 그리는 데 더 애를 썼다. 어려운 환경에서도 바르게 잘 자라는 아이의 모습은 어른의 시각으로 그려진 것이다.

내 세대의 여성들은 얌전하고 순종적이고, 욕망을 드러내선 안 된다고 교육받으며 자랐다. 나도 모르게 내면화된 생각이 소희로 표출된 것인지 모르겠다. 소희를 이상적인 아이로 만들어 그 작품을 읽는 독자들에게도 소희처럼 되기를 은연중에 강요한 것은 아닌지 뒤늦게 돌아보게 되었다.

『소희의 방』은 아직 어린 소희 어깨 위에 올려놓았던 가당치 않은 짐들을 내려 주고 싶어 쓴 작품이다. 그런데 책이 나오고 나서 독자로부터 소희의 변화를 아쉬워하는 이야기를 듣곤 했다. 그 뒤 10년 세월이 흘렀지만 아이들은 결코 일찍 철들 필요가 없다는 생각은 더 확고해지고 있다. 아이들은 제 나이다운 모습으로 살 권리가 있고, 어른과 사회는 아이들이 그렇게 자랄 수 있게 해 주어야 할 의무가 있다.

소희는 어쩔 수 없이 조숙한 아이로 성장했다. 하지만 자기만의 방에서 조금씩 조금씩 본성을 되찾아 간다. 독자들도 소희처럼 스스로를 사랑하며 자기다운 모습으로 살아가길 바란다.

2021년 한여름

이금이

이금이 청소년문학

유진과 유진 장편소설

아동 성폭력이라는 사회적 이슈와 청소년이 겪는 일상화된 폭력과 상처를 마주한 이금이 작가의 문제작! 두 유진의 고통스러운 진실이 미스터리한 서사와 밀도 높은 심리 묘사 속에서 점차 드러난다.

책으로따뜻한세상만드는교사들 추천도서 | 어린이도서연구회 청소년 권장도서 | 국립어린이청소년도서관 청소년 추천도서 | 학교도서관사서협의회 추천도서 | 한국출판인회의 선정 이달의 책 | 책 읽는 서울 한 도서관 한 책 읽기 선정 도서 | 부산시교육청 초중고 권장도서 | 교보문고 선정 마음에 힘을 주는 책 | 알라딘 독자 선정 청소년 문학 최고의 책 | 한우리독서문화운동본부 권장도서 | 『창비어린이』 선정 올해의 책 | 학교도서관저널 『성과 사랑 365』 선정 도서 | 학교도서관저널 추천 성장소설 50선 | 평화박물관건립추진위원회 선정 어린이·청소년 평화책

주머니 속의 고래 장편소설

잘생긴 얼굴만 믿고 연예인을 꿈꾸다 좌절하는 민기, 꿈을 찾았지만 길을 못 찾는 현중, 내면의 상처 때문에 괴로운 준희, 가난 때문에 꿈조차 사치인 연호, 16세 아이들이 펼쳐 놓는 마음 깊숙한 이야기!

중학교 국어 교과서 수록 | 경기도학교도서관사서협의회 권장도서 | 대한출판문화협회 선정 올해의 청소년도서 | 전국독서새물결 선정 교과별 추천도서 | 서울북페스티벌 북크로싱 선정 도서 | 『창비어린이』 선정 올해의 책 | 아침독서 청소년 추천도서

벼랑 소설집

청소년들의 삶을 다섯 편의 단편소설에 담았다. 자신의 삶에 주체적이지 못하고, 마치 벼랑 끝에 선 것처럼 위태로운 청소년들의 이야기다. 그들의 삶을 벼랑 끝으로 모는 존재는 과연 누구인가!

한국문화예술위원회 선정 우수문학도서 | 국립어린이청소년도서관 사서 추천도서 | 대한출판문화협회 선정 올해의 청소년도서 | 『창비어린이』 선정 올해의 책 | 아침독서 청소년 추천도서 | 네이버 북리펀드 선정 도서

청소년들의 '지금과 여기'를 살피고,
꿈과 미래를 힘껏 응원하는
이금이 작가의 청소년문학 시리즈입니다.

안녕, 내 첫사랑 장편소설

소년의 서툰 '사랑'을 작가 특유의 세심함을 담아 그려 낸다. 첫사랑은 이루어지지 않는다는데, 동재의 첫사랑은 어떻게 될까? 끝까지 손을 놓지 못하게 만드는 사춘기의 첫사랑 이야기!

국립어린이청소년도서관 사서 추천도서 | 국립어린이청소년도서관 어린이자료분과 추천도서 | 경기도학교도서관사서협의회 추천도서 | 한국아동문학인협회 선정 우수도서 | 인터넷교보문고 어린이책 AWARD 선정 도서 | 소년조선일보 추천도서 | 아침독서 추천도서

마리오네트의 춤 장편소설

아이들이 모두 거짓이라고 '믿고 싶어 하는' 이야기가, 사실은 진실이라면? 몸에 맞는 교복이 없을 정도로 뚱뚱한 봄이에게 멋진 대학생 남친이 있다니…. 반전에 반전을 거듭하는 놀라운 소설.

국립어린이청소년도서관 추천도서 | 『학교도서관저널』 추천도서 | 네이버 북리펀드 선정 도서

거인의 땅에서, 우리 장편소설

엄마와 엄마의 여고 친구들 틈에 끼어 몽골로 여행 간 다인이. 어른들 사이에서 공주 대접받을 줄 알았는데, 영 실망스럽다. 믿었던 엄마도 낯설게 느껴진다.

서울시립어린이도서관 추천도서 | 아침독서 청소년 추천도서 | 네이버 북리펀드 선정 도서

얼음이 빛나는 순간 장편소설

모범생과 보헤미안 같은 두 소년의 삶이 어느 날 날줄과 씨줄처럼 뒤엉켜 버린다. 우연에서 시작하지만, 결국 스스로 선택하는 인생을 살려 애쓰는 청소년들의 가슴 시린 성장소설.

『학교도서관저널』 추천도서

'너도 하늘말나리야' 시리즈 3부작

1. 너도 하늘말나리야 장편소설

세 친구 미르, 소희, 바우는 각자의 아픔 때문에 마음을 열지 못한다. 그러나 자신의 상처를 통해 친구의 상처를 들여다보게 되고, 서서히 서로를 이해한다. 스스로 치유하며 성장해 나가는 아이들의 이야기!

초등학교·중학교 국어 교과서 수록 | 책으로따뜻한세상만드는교사들 추천도서 | 어린이도서연구회 권장도서 | 책읽는교육사회실천협의회 추천도서 | 한국출판인회의 선정 이달의 책 | 서울시교육청 교과별 권장도서 | 경기도교육청 독서감상문 경시 대회 선정 도서 | 부산시교육청 독서인증제 권장도서 | 중앙일보 선정 좋은 책 100선

2. 소희의 방 장편소설

'너도 하늘말나리야' 시리즈 3부작 중 2부. 열다섯 살이 된 소희가 친엄마와 함께 살게 되면서부터 벌어지는 이야기다. 엄마의 재혼으로 '윤소희'에서 '정소희'로 살게 된 소희는 모든 것이 힘들기만 하다.

한국도서관협회 선정 우수문학도서 | 한겨레·예스24 선정 청소년책 30선 | 아침독서 추천도서 | 네이버 북리펀드 선정 도서

3. 숨은 길 찾기 장편소설

'너도 하늘말나리야' 시리즈 3부작의 완결편. 소희가 떠난 뒤 달밭 마을에 남은 미르와 바우는 어떻게 살고 있을까? 이후의 삶이 궁금했던 독자들의 요청에 의해 써 내려간 아이들의 사랑과 꿈 이야기.

국립어린이청소년도서관 청소년 추천도서 | 한국출판문화산업진흥원 선정 세종도서 | 아침독서 추천도서